16101

UN DRAME

DANS LES PRISONS

I.

UN DRAME

DANS

LES PRISONS

PAR

H. de Balzac.

1

PARIS
HIPPOLYTE SOUVERAIN, ÉDITEUR.
RUE DES BEAUX-ARTS, 5.

—

1847

PREMIÈRE PARTIE.

LA CONCIERGERIE.

L.

1

I

Le Panier à Salade.

Vers le milieu du mois de mai 1830, à six heures, deux voitures menées en poste et appelées par le peuple, dans sa langue énergique, des *paniers à salade*, sortirent de la Force, prison située rue Payenne et rue des Ballets, pour se diriger sur la Conciergerie, au Palais de Justice.

Il est peu de flâneurs qui n'aient ren- contré cette geôle roulante; mais, quoique la plupart des livres soient écrits unique- ment pour les Parisiens, les étrangers se- ront sans doute satisfaits de trouver ici la description de ce formidable appareil de notre justice criminelle. Qui sait? les polices russe, allemande ou autrichienne, les magistratures des pays privés de pa- niers à salade en profiteront peut-être; et, dans plusieurs contrées étrangères, l'imitation de ce mode de transport sera certainement un bienfait pour les prison- niers.

Cette ignoble voiture à caisse jaune, montée sur deux roues et doublée en tôle, est divisée en deux compartiments.

Par devant, il se trouve une banquette garnie de cuir sur laquelle se relève un tablier. C'est la partie libre du panier à salade, elle est destinée à un huissier et à un gendarme.

Une forte grille en fer treillissé sépare, dans toute la hauteur et la largeur de la voiture, cette espèce de cabriolet du second compartiment où sont deux bancs de bois placés, comme dans les omnibus, de chaque côté de la caisse et sur lesquels s'asseyent les prisonniers; ils y sont introduits au moyen d'un marche-pied et par une portière sans jour qui s'ouvre au fond de la voiture.

Ce surnom de panier à salade vient de ce que, primitivement, la voiture étant à clair-voie de tous côtés, les prisonniers devaient y être secoués absolument comme des salades.

Pour plus de sécurité, dans la prévision d'un accident, cette voiture est suivie d'un gendarme à cheval, surtout quand elle emmène des condamnés à mort pour subir leur supplice. Ainsi l'évasion est impossible.

La voiture, doublée de tôle, ne se laisse mordre par aucun outil.

Les prisonniers, scrupuleusement fouillés au moment de leur arrestation ou de leur écrou, peuvent tout au plus posséder des ressorts de montre propres à scier des barreaux, mais impuissants sur des surfaces planes.

Aussi le panier à salade, perfectionné par le génie de la police de Paris, a-t-il fini par servir de modèle pour la voiture cellulaire qui sert maintenant à transporter les forçats au bagne, et par laquelle on a remplacé l'effroyable charrette, la honte des civilisations précédentes, quoique Manon Lescaut l'ait illustrée.

Le panier à salade sert à plusieurs usages.

On expédie d'abord ainsi tous les prévénus des différentes prisons de la capitale au Palais pour y être interrogés par le magistrat instructeur. En argot de prison, cela s'appelle *aller à l'instruction.*

On amène ensuite les accusés de ces mêmes prisons au Palais pour y être jugés, quand il ne s'agit que de la justice correctionnelle; puis, quand il est question, en terme de palais, du Grand Criminel, on les transvase des maisons d'arrêt à la Conciergerie, qui est la maison de justice du département de la Seine.

Enfin les condamnés à mort sont menés dans un panier à salade de Bicêtre à la barrière Saint-Jacques, place destinée aux exécutions capitales depuis la révolution de juillet.

Grâce à la philanthropie, ces malheureux ne subissent plus le supplice de l'ancien trajet qui se faisait auparavant de la Conciergerie à la place de Grève dans une charrette absolument semblable à celle dont se servent les marchands de bois. Cette charrette n'est plus affectée aujourd'hui qu'au transport de l'échafaud.

Sans cette explication, le mot d'un illustre condamné à son supplice : « C'est maintenant l'affaire des chevaux ! » en montant dans le panier à salade, ne se comprendrait pas.

Il est impossible d'aller au dernier supplice plus commodément qu'on y va maintenant à Paris.

II

Les deux Patiens.

En ce moment, les deux paniers à salade sortis de si grand matin servaient exceptionnellement à transférer deux prévenus de la maison d'arrêt de la Force à la Conciergerie, et chacun de ces préve-

nus occupait à lui seul un panier à salade.

Les neuf dixièmes des lecteurs et les
neuf dixièmes du dernier dixième ignorent certainement les différences consi-
dérables qui séparent ces mots :

Inculpé.

Prévenu.

Accusé.

Détenu.

Maison d'arrêt.

Maison de justice ou maison de détention.

Aussi tous seront-ils vraisemblablement étonnés d'apprendre ici qu'il s'agit de tout notre droit criminel, dont l'explication succincte et claire leur sera donnée tout à l'heure, autant pour leur instruction que pour la clarté du drame.

D'ailleurs quand on saura que le premier panier à salade contenait l'abbé Carlos Herrera, se prétendant chanoine du chapitre royal de Tolède, et soupçonné par la police d'être le célèbre Jacques Collin, forçat surnommé Trompe-la-Mort dans les bagnes d'où il s'était toujours évadé, mais plus connu sous le nom de Vautrin, la curiosité serait suffisamment excitée déjà.

Le second panier à salade renfermait

un pâle jeune homme, un poète, sous le
poids, de même que le soi-disant Espagnol, d'une accusation capitale, et qui venait en quelques heures de passer du
faîte des grandeurs sociales au fond d'un
cachot, enfin l'élégant Lucien de Rubempré.

L'attitude des deux complices était ca-
ractéristique. Lucien de Rubempré se ca-
chait pour éviter les regards que les passants jetaient sur le grillage de la sinistre
et fatale voiture dans le trajet qu'elle faisait par la rue Saint-Antoine pour gagner
les quais par la rue du Martroi, et par l'arcade Saint-Jean, sous laquelle on passait
alors pour traverser la place de l'Hôtel-de-

Ville. Aujourd'hui, cette arcade forme la porte d'entrée de l'hôtel du préfet de la Seine dans le vaste palais municipal.

L'audacieux forçat collait sa face sur la grille de sa voiture, entre l'huissier et le gendarme, qui, sûrs de leur panier à salade, causaient ensemble.

Les journées de juillet 1850 et leur formidable tempête ont tellement couvert de leur bruit les événements antérieurs, l'intérêt politique absorba tellement la France pendant les six derniers mois de cette année, que personne aujourd'hui ne se souvient plus ou se souvient à peine, quelque étranges qu'elles aient été, de cés catastrophes privées, judiciaires, finan-

cières, qui forment la consommation an-
nuelle de la curiosité parisienne et qui ne
manquèrent pas les six premiers mois de
cette anuée.

Il est donc nécessaire de faire observer
combien Paris fut alors momentanément
agité par la nouvelle de l'arrestation d'un
prétre espagnol trouvé chez une courtisane, et par celle de l'élégant Lucien de
Rubempré, le futur de mademoiselle de
Grandlieu, pris sur la grand'route d'Italie,
au petit village de Grez, inculpés tous les
deux d'un assassinat dont le fruit allait à
sept millions; car le scandale de ce procès surmonta cependant quelques jours
l'intérêt prodigieux des dernières élec-
tions faites sous Charles X!

D'abord ce procès criminel intéressait en partie un des plus ri..hes banquiers de Paris, le baron de Nucingen.

Puis Lucien, à la veille de devenir le secrétaire intime du premier ministre, appartenait à la société parisienne la plus élevée. Dans tous les salons de Paris, plus d'un jeune homme se souvint d'avoir envié Lucien quand il avait été distingué par la belle duchesse de Maufrigneuse.

Toutes les femmes savait qu'il intéressait alors madame de Sérizy, femme d'un des premiers personnages de l'Etat.

Enfin, la beauté de la victime, Esther Gobseck, jouissait d'une célébrité singulière dans les différents mondes qui composent Paris : dans le grand monde, dans le monde financier, dans le monde des courtisanes, dans le monde des jeunes gens, dans le monde littéraire.

— Depuis deux jours, tout Paris parlait donc de ces deux arrestations.

Le juge d'instruction à qui l'affaire était dévolue, M. Camusot, y vit un titre à son avancement; et, pour procéder avec toute la vivacité possible, il avait ordonné de transférer les deux inculpés de la Force à la Conciergerie, dès que Lucien de Rubempré serait arrivé de Fontainebleau.

L'abbé Carlos et Lucien n'ayant passé, le premier que douze heures et le second qu'une demi-nuit à la Force, il est inutile de dépeindre cette prison qu'on a depuis entièrement modifiée ; et, quant aux particularités de l'écrou, ce serait une répétition de ce qui devait se passer à la Conciergerie.

III

Du droit criminel mis à la portée des gens du monde.

Mais avant d'entrer dans le drame terrible d'une instruction criminelle, il est indispensable, comme il vient d'être dit, d'expliquer la marche normale d'un procès de ce genre; d'abord ses diverses phases seront mieux comprises et en France et à l'étranger; puis ceux qui l'ignorent apprécieront l'économie du droit criminel, tel que l'ont conçu les législateurs sous Napoléon. C'est d'autant plus important que cette grande et belle œuvre est, en ce moment, menacée de destruction par le système dit pénitentiaire.

Un crime se commet : s'il y a flagrance, les *inculpés* sont emmenés au corps-de-garde voisin et mis dans ce cabanon nommé par le peuple *violon*, sans doute parce qu'on y fait de la musique : on y crie ou l'on y pleure.

De là, les inculpés sont traduits par-devant le commissaire de police, qui procède à un commencement d'instruction et qui peut les relaxer, s'il y a erreur; enfin les inculpés sont transportés au *dépôt de la Préfecture*, où la police les tient à la disposition du procureur du roi et du juge d'instruction, qui, selon la gravité des cas, avertis plus ou moins promptement, arrivent et interrogent les gens en état d'arrestation provisoire.

Selon la nature des présomptions, le juge d'instruction lance un mandat de dépôt et fait écrouer les inculpés à la maison d'arrêt. Paris a trois maison d'arrêt : Sainte-Pélagie, la Force et les Madelonnettes.

Remarquez cette expression d'*inculpés*.

Notre code a créé trois distinctions essentielles dans la criminalité :

L'inculpation,

La prévention,

L'accusation,

Tant que le mandat d'arrêt n'est pas signé, les auteurs présumés d'un crime ou d'un délit grave sont des inculpés ; sous le poids du mandat d'arrêt, ils deviennent des *prévenus*, ils restent purement et simplement prévenus tant que l'instruction se poursuit.

L'instruction terminée, une fois que le tribunal a jugé que les prévenus devaient être déférés à la cour, ils passent à l'état d'*accusés*, lorsque la cour royale a jugé sur la requête du procureur-général, qu'il y a charges suffisantes pour les traduire en cour d'assises.

Ainsi, les gens soupçonnés d'un crime passent par trois états différents, par trois cribles, avant de comparaître devant ce qu'on appelle la justice du pays.

Dans le premier état, les innocents possèdent une foule de moyens de justification : le public, la garde, la police.

Dans le second état, ils sont devant un magistrat, confrontés aux témoins, jugés par une chambre de tribunal à Paris, ou par tout un tribunal dans les départements.

Dans le troisième, ils comparaissent devant douze conseillers, et l'arrêt de renvoi par devant la cour d'assises peut, en cas d'erreur ou pour défaut de forme, être déféré par les accusés à la cour de cassation.

Le jury ne sait pas tout ce qu'il soufflette d'autorités populaires, administratives et judiciaires, quand il acquitte des accusés. Aussi, selon nous, à Paris (nous ne parlons pas des autres ressorts) nous paraît-il bien difficile qu'un innocent s'asseye jamais sur les bancs de la cour d'assises.

Le détenu, c'est le condamné.

Notre droit criminel a créé des maisons d'arrêt, des maisons de justice et des maisons de détention, différences juridiques

qui correspondent à celles de prévenu,
d'accusé, de condamné.

La prison comporte une peine légère,
c'est la punition d'un délit minime; mais
la détention est une peine afflictive, et,
dans certains cas, infamante.

Ceux qui proposent aujourd'hui le système pénitentiaire bouleversent donc un
admirable droit criminel, où les peines
étaient supérieurement graduées, et ils ar-
riveront à punir les peccadilles presqu'aussi sévèrement que les plus grands crimes.

Ceux de nos lecteurs qui se souvien-
nent d'une scène de la vie politique, pu-

bliée sous le titre de : *Une ténébreuse affaire*, pourront comparer les différences
curieuses qui existèrent entre le droit criminel du code de Brumaire, an IV, et celui du code Napoléon qui l'a remplacé.

Dans la plupart des grands procès,
comme dans celui-ci, les inculpés deviennent aussitôt les prévenus.

La justice lance immédiatement le mandat de dépôt ou d'arrestation. En effet,
dans le plus grand nombre des cas, les
inculpés ou sont en fuite, ou doivent être
surpris instantanément.

Aussi, comme on l'a vu, la police, qui
n'est là que le moyen d'exécution, et la

justice étaient-elles venues avec la rapidité de la foudre au domicile de la jeune
fille empoisonnée.

Quand même il n'y aurait pas eu des
motifs de vengeance soufflés par Corentin
à l'oreille de la police judiciaire, il y avait
dénonciation d'un vol de sept cent cinquante mille francs par le baron de Nucingen.

IV

Le Machiavel du bague.

Au moment où la première voiture qui contenait Jacques Collin atteignit à l'arcade Saint-Jean, passage étroit et sombre, un embarras força le postillon d'arrêter sous l'arcade.

Les yeux du prévenu brillaient à travers la grille comme des escarboucles, malgré le masque de moribond qui la veille avait fait croire au directeur de la Force à la nécessité d'appeler le médecin.

Libres en ce moment, car ni le gendarme ni l'huissier ne se retournaient pour voir *leur pratique*, ces yeux flamboyants parlaient un langage si clair qu'un juge d'instruction habile, comme Monsieur Popinot, par exemple, aurait reconnu le forçat dans le sacrilége.

En effet, Jacques Collin, depuis que le panier à salade avait franchi la porte de la Force, examinait tout sur son passage. Malgré la rapidité de la course, il embrassait d'un regard avide et complet les mai sons, depuis leur dernier étage jusqu'au rez-de-chaussée. Il voyait tous les passants et il les analysait. Dieu ne saisit pas mieux sa création dans ses moyens et dans sa fin que cet homme ne saisissait les moindres différences dans la masse des choses et des passants. Armé d'une espérance comme le dernier des Horaces le fut de son glaive, il attendait du secours.

A tout autre qu'à ce Machiavel du bagne, cet espoir eût paru tellement impossible à réaliser, qu'il se serait laissé machinalement aller, ce que font tous les coupables.

Aucun d'eux ne songe à résister, dans la situation où la justice et la police de Paris plongent les prévenus, surtout

ceux mis au secret , comme l'étaient Lucien et Jacques Collin.

On ne se figure pas l'isolement sou-
dain où se trouve un prévenu : les gendarmes qui l'arrêtent , le commissaire
qui l'interroge , ceux qui le mènent en
prison , les gardiens qui le conduisent
dans ce qu'on appelle littéralement un
cachot, ceux qui le prennent sous les bras
pour le faire monter dans un panier à
salade, tous les êtres qui dès son arrestation l'entourent, sont muets ou tiennent
registre de ses paroles pour les répéter
soit à la police, soit au juge.

Cette absolue séparation, si simplement
obtenue entre le monde entier et le pré-

venu, cause un renversement complet dans ses facultés, une prodigieuse prostration de l'esprit, surtout quand ce n'est pas un homme familiarisé par ses antécédents avec l'action de la justice.

Le duel entre le coupable et le juge est donc d'autant plus terrible que la justice a pour auxiliaire le silence des murailles et l'incorruptible indifférence de ses agents.

Néanmoins, Jacques Collin ou Carlos Herrera (il est nécessaire de lui donner l'un ou l'autre de ces noms, selon les nécessités de la situation) connaissait de longue main les façons de la police, de la geôle et de la justice.

Aussi, ce colosse de ruse et de corruption avait-il employé les forces de son esprit et les ressources de sa mimique à bien jouer la surprise, la niaiserie d'un innocent, tout en donnant aux magistrats la comédie de son agonie.

Asie, cette savante Locuste, la cuisinière d'Esther, lui avait fait prendre un poison mitigé de manière à produire le semblant d'une maladie mortelle.

L'action de monsieur Camusot, celle du commissaire de police, l'interrogante activité du procureur du roi avaient donc été annulées par l'action, par l'activité d'une apoplexie foudroyante.

— Il s'est empoisonné! s'était écrié

monsieur Camusot épouvanté par les souffrances du soi-disant prêtre, quand on l'avait descendu dans la mansarde en proie à d'horribles convulsions.

Quatre agents avaient eu beaucoup de peine à convoyer l'abbé Carlos par les escaliers jusqu'à la chambre d'Esther où tous les magistrats et les gendarmes étaient réunis.

— C'est ce qu'il avait de mieux à faire, s'il est coupable, avait répondu le procureur du roi.

— Le croyez-vous donc malade?... avait demandé le commissaire de police.

La police doute toujours de tout.

Ces trois mugistrats s'étaient alors parlé, comme on le suppose, à l'oreille, mais Jacques Collin avait deviné sur leurs physionomies le sujet de leurs confidences, et il en avait profité pour rendre impossible ou tout-à-fait insignifiant l'interrogatoire sommaire qui se fait au moment d'une arrestation ; il avait balbutié des phrases où l'espagnol et le français se combinaient de manière à présenter des non-sens.

A la Force, cette comédie avait obtenu d'abord un succès d'autant plus complet, que le chef de *la Sûreté* (abréviation de ces mots, chef de la brigade de police de sûreté), Bibi-Lupin, qui jadis avait

arrêté Jacques Collin dans la pension
bourgeoise de Madame Vauquer, était en
mission dans les départements, et suppléé
par un agent désigné comme le succes-
seur de Bibi-Lupin, et à qui le forçat était
inconnu.

Bibi-Lupin, ancien forçat, compagnon
de Jacques Collin au bagne, était son en-
nemi personnel.

Cette inimitié prenait sa source dans
les querelles où Jacques Collin avait toujours eu le dessus, et dans la suprématie
exercée par Trompe-la-Mort sur ses com-
pagnons.

Enfin, Jacques Collin avait été pendant

dix ans la Providence des forçats libérés, leur chef, leur conseil à Paris, leur dépositaire, et par conséquent l'antagoniste de Bibi-Lupin.

V

Une victoire remportée sur la mise au secret.

Donc, quoique mis au secret, Jacques
Collin comptait sur le dévoûment intelli-
gent et absolue d'Asie son bras droit, et
peut-être sur Paccard son bras gauche,
qu'il se flattait de retrouver à ses ordres,

une fois que le soigneux lieutenant aurait mis à l'abri les sept cent cinquante mille francs volés.

Telle était la raison de l'attention sur-humaine avec laquelle il embrassait tout sur sa route. Chose étrange! cet espoir allait être pleinement satisfait.

Les deux puissantes murailles de l'arcade Saint-Jean étaient revêtues, à six pieds de hauteur, d'un manteau de boue permanent, produit par les éclaboussures du ruisseau; car les passants n'avaient alors, pour se garantir du passage inces-sant des voitures et de ce qu'on appelait les coups de pied de charrette, que des bornes depuis longtemps éventrées par les moyeux des roues.

Plus d'une fois la charrette d'un carrier avait broyé là des gens inattentifs. Tel fut Paris pendant longtemps et dans beaucoup de quartiers.

Ce détail peut faire comprendre l'étroitesse de l'arcade Saint-Jean et combien il était facile de l'encombrer. Qu'un fiacre vînt à y entrer par la place de Grève, pendant qu'une marchande dite des quatre-saisons y poussait sa petite voiture à bras pleine de pommes par la rue du Martroi, la troisième voiture qui survenait occasionnait alors un embarras.

Les passants se sauvaient effrayés en cherchant une borne qui pût les préserver de l'atteinte des anciens moyeux, dont la longueur était si démesurée qu'il a fallu des lois pour les rogner.

Quand le panier à salade arriva, l'arcade était barrée par une de ces marchandes des quatre-saisons, dont le type est d'autant plus curieux qu'il en existe encore des exemplaires dans Paris, malgré le nombre croissant des boutiques de fruitières.

C'était si bien la marchande des rues, qu'un sergent de ville, si l'institution en avait été créée alors, l'eût laissée circuler sans lui faire exhiber son permis, malgré sa phisionomie sinistre qui suait le crime.

La tête, couverte d'un méchant mouchoir de coton à carreaux en loques, était hérissée de mêches rebelles qui montraient des cheveux semblables à des poils de sanglier. Le cou rouge et ridé faisait horreur, et le fichu ne déguisait pas entièrement une peau tannée par le soleil, par la poussière et par la boue. La robe était comme une tapisserie.

Les souliers grimaçaient à faire croire qu'ils se moquaient de la figure aussi trouée que la robe. Et quelle pièce d'estomac!.... un emplâtre eût été moins sale.

A dix pas, cette guenille ambulante et fétide devait affecter l'odorat des gens délicats. Les mains avaient fait cent moissons!

Ou cette femme revenait d'un sabbat allemand, ou elle sortait d'un dépôt de mendicité. Mais quels regards!... quelle audacieuse intelligence, quelle vie contenue quand les rayons magnétiques de ses yeux et ceux de Jacques Collin se rejoignirent pour échanger une idée.

— Range-toi donc, vieil hospice à vermine!... cria le postillon d'une voix rauque.

— Ne vas-tu pas m'écraser? hussard de

guillotine, répondit-elle; ta marchandise ne vaut pas la mienne.

Et en essayant de se serrer entre deux bornes pour livrer passage, la marchande embarrassa la voie pendant le temps nécessaire à l'accomplissement de son projet.

— O! Asie! se dit Jacques Collin, qui reconnut sur-le-champ sa complice, tout va bien.

— *Ahé !... précairé fermati. Souni là. Vedrem !...* s'écria la vieille Asie avec ces intonations illinoises particulières aux marchandes des rues, qui dénaturent si bien leurs paroles, qu'elles deviennent des onomatopées compréhensibles seulement pour les Parisiens.

Dans le brouhaha de la rue et au milieu des cris de tous les cochers survenus, personne ne pouvait faire attention à ce cri sauvage qui semblait être celui de la marchande.

Mais cette clameur, distincte pour Jacques Collin, lui jetait à l'oreille dans un patois de convention mêlé d'italien et de provençal corrompus, cette phrase terrible :

— *Ton pauvre petit est pris ; mais je suis là pour veiller sur vous. Tu vas me revoir....*

Au milieu de la joie infinie que lui causait son triomphe sur la justice, car il es-

pérait pouvoir entretenir des communication au dehors, Jacques Collin fut atteint par une réaction qui eût tué tout
autre que lui.

— Lucien arrêté! se dit-il.

Et il faillit s'évanouir.

Cette nouvelle était plus affreuse pour
lui que le rejet de son pourvoi, s'il eût été
condamné à mort.

VI

Histoire historique, archéologique, bio- graphique, anecdotique et physiolo- gique du Palais-de-Justice.

Maintenant, que les deux paniers à salade roulent sur les quais, l'intérêt de cette
histoire exige quelques mots sur la Conciergerie, pendant le temps qu'ils met-
tront à y venir.

La Conciergerie, nom historique, mot terrible, chose plus terrible encore, est mêlée aux révolutions de la France, et à celles de Paris surtout. Elle a vu la plupart des grands criminels.

Si de tous les monuments de Paris c'est le plus intéressant, c'en est aussi le moins connu... des gens qui appartiennent aux classes supérieures de la société; mais, malgré l'immense intérêt de cette digression historique, elle sera tout aussi rapide que la course des paniers à salade.

Quel est le Parisien, l'étranger ou le provincial, pour peu qu'ils soient restés deux jours à Paris, qui n'ait remarqué les murailles noires flanquées de trois grosses tours à poivrières, dont deux sont presque accouplées, ornement sombre et mystérieux du quai dit des Lunettes. Ce quai commence au bas du pont au Change et s'étend jusqu'au Pont-Neuf.

Une tour carré, dite la tour de l'Horloge, où fut donné le signal de la Saint-Barthélemy, tour presque aussi élevée que celle de Saint-Jacques-la-Boucherie, indique le Palais et forme le coin de ce quai.

Ces quatre tours, ces murailles sont revêtues de ce suaire noirâtre que prennent à Paris toutes les façades à l'exposition du nord.

Vers le milieu du quai, à une arcade

déserte, commencent les constructions
privées que l'établissement du Pont-Neuf
détermina sous le règne de Henri IV.

La place Royale fut la réplique de la
place Dauphine. C'est le même système
d'architecture; de la brique encadrée par
des chaînes en pierre de taille. Cette arcade et la rue du Harlay indiquent les
limites du palais à l'ouest.

Autrefois, la préfecture de police, hôtel
des premiers présidents au parlement,
dépendait du palais. La cour des comptes
et la cour des aides y complétaient la
justice suprême, celle du souverain.

On voit qu'avant la révolution, le pa-

lais jouissait de cet isolement qu'on cherche à créer aujourd'hui.

Ce carré, cette île de maisons et de
monuments, où se trouve la Sainte-Chapelle, le plus magnifique joyau de l'écrin
de saint Louis, cet espace est le sanc-
tuaire de Paris; c'en est la place sacrée,
l'arche sainte.

Et d'abord, cet espace fut la première
cité tout entière, car l'emplacement de la
place Dauphine était une prairie dépen-
dante du domaine royal, où se trouvait
un moulin à frapper les monnaies. De là
le nom de rue de la Monnaie, donné à
celle qui mène au Pont-Neuf.

De là aussi le nom d'une des trois tours

rondes, la seconde, qui s'appelle la *tour d'Argent*, et qui semblerait prouver qu'on y a primitivement battu monnaie. Le fameux moulin, qui se voit dans les anciens plans de Paris, serait vraisemblablement postérieur au temps où l'on frappait la monnaie dans le palais même, et dû sans doute à un perfectionnement dans l'art monétaire.

La première tour, presque accolée à la tour d'Argent, se nomme la tour de Montgommery.

La troisième, la plus petite, mais la mieux conservée des trois, car elle a gardé ses créneaux, a nom la tour Bonbec.

La Sainte-Chapelle et ses quatre tours (en comprenant la tour de l'Horloge) déter-

minent parfaitement l'enceinte, le péri-
mètre, dirait un employé du cadastre, du
palais, depuis les Mérovingiens jusqu'à la
première maison de Valois; mais, pour
nous, et par suite de ses transformations,
ce palais représente plus spécialement
l'époque de saint Louis.

Charles V, le premier, abandonna le
palais au parlement, institution nouvelle-
ment créée, et alla, sous la protection de
la Bastille, habiter le fameux hôtel Saint-
Pol, auquel on adossa plus tard le palais
des Tournelles.

Puis, sous les derniers Valois, la royauté
revint de la Bastille au Louvre, qui avait
été sa première bastille.

La première demeure des rois de

France, le palais de saint Louis, qui a gardé
ce nom de Palais tout court, pour signifier
le palais par excellence, est tout entier
enfoui sous le Palais-de-Justice, il en forme
les caves, car il était bâti dans la Seine,
comme la cathédrale, et bâti si soigneuse-
ment que les plus hautes eaux de la rivière
en couvrent à peine les premières marches.

Le quai de l'Horloge enterre d'environ
vingt pieds ces constructions dix fois sé-
culaires.

Les voitures roulent à la hauteur du
chapiteau des fortes colonnes de ces trois
tours, dont jadis l'élévation devait être en
harmonie avec l'élégance du palais, et

d'un effet pittoresque sur l'eau, puisque aujourd'hui ces tours le disputent encore en hauteur aux monuments les plus élevés de Paris.

Quand on contemple cette vaste capitale du haut de la lanterne du Panthéon, le Palais avec la Sainte-Chapelle est encore ce qui paraît le plus monumental parmi tant de monuments.

Ce palais de nos rois, sur lequel vous marchez quand vous arpentez l'immense salle des Pas-Perdus, était une merveille d'architecture, il l'est encore aux yeux intelligents du poète qui vient l'étudier en examinant la Conciergerie.

Hélas' la Conciergerie a envahi le palais des rois. Le cœur saigne à voir comment on a taillé des geôles, des réduits, des corridors, des logements, des salles sans jour ni air dans cette magnifique composition où le byzantin, le roman, le gothique, ces trois faces de l'art ancien, ont été raccordés par l'architecture du douzième siècle.

Ce palais est à l'histoire monumentale de la France des premiers temps ce que le château de Blois est à l'histoire monumentale des seconds temps.

De même qu'à Blois, dans une cour vous pouvez admirer le château des comtes de Blois, celui de Louis XII, celui de François Ier, celui de Gaston; de même à la

Conciergerie vous retrouvez, dans la même enceinte, le caractère des premières races, et dans la Sainte-Chapelle, l'architecture de saint Louis.

Conseil municipal, si vous donnez des millions, mettez aux côtés des architectes un ou deux poètes, si vous voulez sauver le berceau de Paris, le berceau des rois, en vous occupant de doter Paris et la cour souveraine d'un palais digne de la France! C'est une question à étudier pendant quelques années avant de rien commencer.

Encore une ou deux prisons de bâties, comme celle de la Roquette, et le palais de saint Louis sera sauvé.

VII

Continuation du même sujet.

Aujourd'hui bien des plaies affectent ce gigantesque monument enfoui sous le palais et sous le quai, comme un de ces animaux anté-diluviens dans les plâtres de Montmartre; mais la plus grande, c'est d'être la Conciergerie! Ce mot, on le comprend.

Dans les premiers temps de la monarchie, les grands coupables, car les vilains (il faut tenir à cette orthographe qui laisse au mot sa signification de paysan) et les bourgeois appartenant à des juridictions urbaines ou seigneuriales, les *grands ou petits fiefs* étaient amenés au roi et gardés à la Conciergerie. Comme on saisissait peu de ces grands coupables, la Conciergerie suffisait à la justice du roi.

Il est difficile de savoir précisément l'emplacement de la primitive Conciergerie.

Néanmoins, comme les cuisines de saint Louis existent encore, et forment aujour-

d'hui ce qu'on appelle la *Souricière*, il es
à présumer que la Conciergerie primitive
devait être située là où se trouvait, avant
1825, la Conciergerie judiciaire du parlement, sous l'arcade à droite du grand escalier extérieur qui mène à la cour
royale.

De là, jusqu'en 1825, partirent les condamnés pour aller subir leurs supplices.
De là sortirent tous les grands criminels,
toutes les victimes de la politique, la maréchale d'Ancre comme la reine de France,
Semblançay comme Malesherbes, Damien
comme Danton, Desrues comme Castaing.

Le cabinet de Fouquier-Tinville, le
même que celui actuel du procureur du

roi, se trouvait placé de manière à ce qu'il pût voir défiler dans leurs charrettes les gens que le tribunal révolutionnaire venait de condamner. Cet homme fait glaive pouvant ainsi donner un dernier coup-d'œil à ses fournées.

Depuis 1825, sous le ministère de monsieur de Peyronnet, un grand changement eut lieu dans le Palais.

Le vieux guichet de la Conciergerie, où se passaient les cérémonies de l'écrou et de la toilette, fut fermé et transporté où il se trouve aujourd'hui, entre la tour de l'Horloge et la tour de Montgommery, dans une cour intérieure indiquée par

une arcade. A gauche sé trouve la Souricière, à droite le guichet.

Les paniers à salade entrent dans cette
cour assez irrégulière, et peuvent y rester,
y tourner avec facilité, s'y trouver, en cas
d'émeute, protégés contre une tentative
par la forte grille de l'arcade ; tandis qu'autrefois ils n'avaient pas la moindre facilité
pour manœuvrer dans l'étroit espace qui
sépare le grand escalier extérieur de l'aile
droite du Palais.

Aujourd'hui la Conciergerie, à peine
suffisante pour les accusés (il y faudrait
de la place pour trois cents personnes
hommes et femmes), ne reçoit plus ni
prévenus, ni détenus, excepté dans de

rares occasions, comme celle qui y faisait amener Jacques Collin et Lucien. Tous ceux qui y sont prisonniers doivent comparaître en cour d'assises.

Par exception, la magistrature y souffre les coupables de la haute société qui, déjà suffisamment déshonorés par un arrêt de cour d'assises, seraient punis au delà des bornes, s'ils subissaient leurs peines à Melun ou à Poissy. Ouvrard préféra le séjour de la Conciergerie à celui de Sainte-Pélagie.

En ce moment, le notaire Lehon, le prince de Berghues y font leur temps de détention, par une tolérance arbitraire, mais pleine d'humanité.

VIII

Manière de se servir de tout cela.

Généralement les prévenus, soit pour aller, en argot de palais, à l'instruction, soit pour comparaître en police correctionnelle, sont versés par les paniers à salade directement à la Souricière.

La Souricière, qui fait face au guichet,
se compose d'une certaine quantité de
cellules pratiquées dans les cuisines de
saint Louis, et où les prévenus extraits de
leurs prisons attendent l'heure de la
séance du tribunal ou l'arrivée de leurs
juges d'instruction. La Souricière est bor-
née au nord par le quai, à l'est par le
corps-de-garde de la garde municipale, à
l'ouest par la cour de la Conciergerie, et
au midi par une immense salle voûtée
(sans doute l'ancienne salle des festins),
encore sans destination.

Au-dessus de la Souricière s'étend un
corps-de-garde intérieur, ayant vue par
une croisée sur la cour de la Concierge.

rie; il est occupée par la gendarmerie départementale et l'escalier y aboutit.

Quand l'heure du jugement sonne, les huissiers viennent faire l'appel des prévenus, les gendarmes descendent en nombre égal à celui des prévenus, chaque gendarme prend un prévenu sous le bras; et, ainsi accouplés, ils gravissent l'escalier, traversent le corps-de-garde, et arrivent par des couloirs dans une pièce contigue à la salle où siége la fameuse sixième chambre du tribunal, à laquelle est dévolue l'audience de la police correctionnelle. Ce chemin est celui que prennent aussi es accusés pour aller de la Conciergerie à l'audience, et pour en revenir.

Dans la salle des Pas-Perdus, entre la porte de la première chambre du tribunal de première instance et le perron qui mène à la sixième, on remarque immédiatement, en s'y promenant pour la première fois, une entrée sans porte, sans aucune décoration d'architecture, un trou carré vraiment ignoble.

C'est par là que les juges, les avocats pénètrent dans ces couloirs, dans le corps-de-garde, descendent à la Souricière et au guichet de la Conciergerie.

Tous les cabinets des juges d'instruction sont situés à différents étages dans cette partie du palais. On y parvient par d'affreux escaliers, un dédale où se perdent presque toujours ceux à qui le palais est inconnu.

Les fenêtres de ces cabinets donnent les unes sur le quai, les autres sur la cour de la Conciergerie. En 1830, quelques cabinets de juges d'instruction avaient vu sur la rue de la Barillerie.

Ainsi, quand un panier à salade tourne à gauche dans la cour de la Conciergerie, il amène des prévenus à la Souricière; quand il tourne à droite, il importe des accusés à la Conciergerie.

Ce fut donc de ce côté que le panier à salade où se trouvait Jacques Collin se dirigea pour le déposer au guichet.

Rien de plus formidable. Criminels ou visiteurs aperçoivent deux grilles en fer forgé, séparées par un espace d'environ six pieds, qui s'ouvrent toujours l'une après l'autre, et à travers lesquelles tout est observé si scrupuleusement, que les gens, à qui le *permis de visiter* est accordé, passent cette pièce à travers la grille, avant que la clé ne grince dans la serrure.

Les magistrats instructeurs, ceux du parquet eux-mêmes, n'entrent pas sans avoir été reconnus. Aussi, parlez de la possibilité de communiquer ou de s'évader !... le directeur de la Conciergerie aura sur les lèvres un sourire qui glacera le doute chez le romancier le plus téméraire dans ses entreprises contre la vraisemblance.

On ne connaît, dans les annales de la

Conciergerie, que l'évasion de Lavalette;
mais la certitude d'une auguste conni-
vence, aujourd'hui prouvée, a diminué
sinon le dévouement de l'épouse, du
moins le danger d'un insuccès.

En jugeant sur les lieux de la nature
des obstacles, les gens les plus amis du
merveilleux reonnaîtront qu'en tout temps
ces obstacles étaient ce qu'ils sont encore,
invincibles. Aucune expression ne peut
dépeindre la force des murailles et des
voûtes, il faut les voir.

Quoique le pavé de la cour soit en
contre-bas de celui du quai, lorsque vous
franchissez le guichet, il faut encore descendre plusieurs marches pour arriver

dans une immense salle voûtée dont les
puissantes murailles sont ornées de colonnes magnifiques, et sont flanquées de
la tour Montgommery, qui fait partie aujourd'hui du logement du directeur de la
Conciergerie, et de la tour d'Argent qui
sert de dortoir aux surveillants, guiche-
tiers ou porte-clés, comme il vous plaira
de les appeler.

Le nombre de ces employés n'est pas
aussi considérable qu'on peut l'imaginer,
(ils sont vingt); leur dortoir, de même
que leur coucher ne diffère pas de celui
de la *pistole*. Ce nom vient sans doute de
ce que jadis les prisonniers donnaient une
pistole par semaine pour ce logement,

dont la nudité rappelle les froides man-
sardes que les grands hommes sans fortune commencent par habiter à Paris.

A gauche, dans cette vaste salle d'entrée, se trouve le greffe de la Conciergerie, espèce de bureau formé par des vi-
trages, où siègent le directeur et son greffier, où sont les registres d'écrou.

Là, le prévenu, l'accusé sont inscrits,
décrits et fouillés.

Là, se décide la question du logement,
dont la solution dépend de la bourse du
patient.

En face du guichet de cette salle, on

aperçoit une porte vitrée, celle d'un parloir où les parents et les avocats communiquent avec les accusés par un guichet à double grille en bois.

Ce parloir tire son jour du préau, le lieu de promenade intérieure où les accusés respirent au grand air et font de l'exercice à des heures déterminées.

Cette grande salle, éclairée par le jour douteux de ces deux guichets, car l'unique croisée donnant sur la cour d'arrivée est entièrement prise par le greffe qui l'encadre, présente aux regards une atmosphère et une lumière parfaitement e

harmonie avec les images préconçues par
l'imagination.

C'est d'autant plus effrayant que, paral-
lèlement aux tours d'Argent et de Montgommery, vous apercevez ces cryptes
mystérieuses, voûtées, formidables, sans
lumière, qui tournent autour du parloir,
qui mènent aux cachots de la reine, de
madame Elisabeth, et aux cellules appelées *les secrets*. Ce dédale en pierre de
taille est devenu le souterrain du Palais-
de-Justice, après avoir vu les fêtes de la
royauté.

De 1825 à 1832, ce fut dans cette immense salle, entre un gros poêle qui l'a

chauffée et la première des deux grilles, que se faisait l'opération de la toilette.

On ne passe pas encore sans frémir sur ces dalles, qui ont reçu le choc et les confidences de tant de derniers regards.

IX

Comment on écroue.

Pour sortir de son affreuse voiture, le moribond eut besoin de l'assistance de deux gendarmes, qui le prirent chacun sous un bras, le soutinrent et le portèrent comme évanoui dans le greffe. Ainsi trainé, le mourant levait les yeux au ciel, de manière à ressembler au Sauveur descendu de la croix.

Certes, dans aucun tableau, Jésus n'offre une face plus cadavérique, plus décomposée que ne l'était celle du faux Espagnol : il semblait prêt de rendre le dernier soupir.

Quand il fut assis dans le greffe, il répéta d'une voix défaillante les paroles qu'il adressait à tout le monde, depuis son arrestation :

— Je me réclame de Son Excellence l'ambassadeur d'Espagne...

— Vous direz cela, répondit le directeur, à monsieur le juge d'instruction.

Ah! Jésus, répliqua Jacques Collin en soupirant. Ne puis-je avoir un bréviaire? Me refusera-t-on toujours un médecin? Je n'ai pas deux heures à vivre.

Carlos Herrera devant être mis au secret, il fut inutile de lui demander s'il réclamait les bénéfices de la pistole, c'est-à-dire le droit d'habiter une de ces chambres où l'on jouit du seul comfort permis par la justice. Ces chambres sont situées au bout du préau dont il sera question plus tard.

L'huissier et le greffier remplirent de concert et flegmatiquement les formalités de l'écrou.

— Monsieur le directeur, dit Jacques

Collin en baragouinant le français, je suis mourant, vous le voyez. Dites, si vous le pouvez, dites surtout le plus tôt possible, à ce monsieur juge, que je sollicite comme une faveur ce qu'un criminel devrait le plus redouter, de paraître devant lui dès qu'il sera venu ; car mes souffrances sont vraiment intolérables, et dès que je le verrai, toute erreur cessera...

Règle générale, les criminels parlent tous d'erreur ! Allez dans les bagnes, questionnez-y les condamnés : ils sont presque tous victimes d'une erreur de la justice.

Aussi ce mot fait-il sourire imperceptiblement tous ceux qui sont en contact avec des prévenus, des accusés ou des condamnés.

— Je puis parler de votre réclamation au juge d'instruction, répondit le directeur.

— Je vous bénirai donc, Monsieur, répliqua l'Espagnol en levant les yeux au ciel.

Aussitôt écroué, Carlos Herrera, pris sous chaque bras par deux gardes municipaux accompagnés d'un surveillant, à qui le directeur désigna celui des secrets où devait être renfermé le prévenu, fut conduit par le dédale souterrain de la Conciergerie dans une chambre très saine,

quoi qu'en aient dit certains philanthro-
pes, mais sans communications possi-
bles.

Quand il eut disparu, les surveillants,
le directeur de la prison, son greffier,
l'huissier lui-même, les gendarmes se re-
gardèrent en gens qui se demandent les
uns aux autres leur opinion, et sur toutes
les figures se peignit le doute; mais, à l'aspect de l'autre prévenu, tous les specta-
teurs revinrent à leur incertitude ha-

bituelle, cachée sous un air d'indifférence.

A moins de circonstances extraordinaires, les employés de la Conciergerie sont peu curieux, les criminels étant pour eux ce que les pratiques sont pour les coiffeurs.

Aussi, toutes les formalités dont l'imagination s'épouvante s'accomplissent-elles plus simplement que des affaires d'argent chez un banquier, et souvent avec plus de politesse.

Lucien présenta le masque du coupable abattu, car il se laissait faire, il s'abandonnait en machine.

Depuis Fontainebleau, le poète contem-
plait sa ruine, et il se disait que l'heure des
expiations avait sonné. Pâle, défait, ignorant tout ce qui s'était passé pendant son
absence chez Esther, il se savait le compagnon intime d'un forçat évadé. Cette situation suffisait à lui faire apercevoir des
catastrophes pires que la mort.

Quand sa pensée enfantait un projet,
c'était le suicide. Il voulait échapper à tout
prix aux ignominies qu'il entrevoyait
comme un rêve pénible.

Jacques Collin fut placé, comme le plus
dangereux des deux prévenus, dans un
cabanon tout en pierre de taille, qui tire
son jour d'une de ces petites cours inté-
rieures, comme il s'en trouve dans l'en-

ceinte du palais, et situé dans l'aile où le
procureur général a son cabinet. Cette petite cour sert de préau au quartier des
femmes.

Lucien fut mené par le même chemin,
car, selon ses ordres, le directeur eut des
égards pour lui, dans un cabanon contigu
aux pistoles.

X

Comment les deux prévenus prennent leur mal.

Généralement, les personnes qui n'auront jamais de démêlés avec la justice conçoivent les idées les plus noires sur la mise au secret.

L'idée de justice criminelle ne se sé-

pare point des vieilles idées sur la tor-
ture ancienne , sur l'insalubrité des prisons, sur la froideur des murailles de
pierre d'où suintent des larmes , sur la
grossièreté des geôliers et de la nourri-
ture , accessoires obligés des drames;
mais il n'est pas inutile de dire ici que ces
exagérations n'existent qu'au théâtre, et
font sourire les magistrats , les avocats, et ceux qui, par curiosité, visitent
les prisons, ou qui viennent les observer.

Pendant longtemps ce fut terrible.

Il est certain que les accusés étaient,
sous l'ancien parlement , dans les
siècles de Louis XII et de Louis XIV,

jetés pêle-mêle dans une espèce d'entresol au-dessus de l'ancien guichet. Les prisons ont été l'un des crimes de la révolution de 1789, et il suffit de voir le cachot de
la reine et celui de madame Elisabeth
pour concevoir une horreur profonde des
anciennes formes judiciaires.

Mais aujourd'hui, si la philanthropie a
fait à la société des maux incalculables,
elle a produit un peu de bien pour les individus.

Nous devons à Napoléon notre code
criminel, qui, plus que le code civil, dont
la réforme est en quelques points urgente,
sera l'un des plus grands monuments de
ce règne si court. Notre nouveau droit

criminel ferma tout un abîme de souffrances.

Aussi, peut-on affirmer qu'en mettant à part les affreuses tortures morales auxquelles les gens des classes supérieures sont en proie en se trouvant sous la main de la justice, l'action de ce pouvoir est d'une douceur et d'une simplicité d'autant plus grandes quelles sont inattendues.

L'inculpé, le prévenu ne sont certainement pas logés chez eux, mais le nécessaire se trouve dans les prisons de Paris.

D'ailleurs, la pesanteur des sentiments auxquels on se livre ôte aux accessoires de la vie leur signification habituelle. Ce n'est jamais le corps qui souffre. L'esprit est dans un état si violent que toute espèce de malaise, de brutalité, s'il s'en rencontrait dans le milieu où l'on est, se supporterait aisément.

Il faut admettre, à Paris surtout, que l'innocent est promptement mis en liberté.

Lucien, en entrant dans sa cellule, trouva donc la fidèle image de la première chambre qu'il avait occupée à Paris, à l'hôtel Cluny.

Un lit semblable à ceux des plus pauvres hôtels garnis du quartier Latin, des chaises foncées de paille, une table et quelques ustensiles composaient le mobilier de l'une de ces chambres, où souvent on réunit deux accusés, quand leurs mœurs sont douces et leurs crimes d'une catégorie rassurante, comme les faux et les banqueroutes.

Cette ressemblance entre son point de départ, plein d'innocence, et le point d'arrivée, dernier degré de la honte et de l'avilissement, fut si bien saisie par un dernier effort de sa fibre poétique, qu'il fondit en larmes.

Il pleura pendant quatre heures, insensible en apparence comme une figure de pierre, mais souffrant de toutes ces espérances renversées, atteint dans toutes ses vanités sociales écrasées, dans son orgueil anéanti, dans tous les *moi* que présente l'ambitieux, l'amoureux, l'heureux, le dandy, le Parisien, le poète, le voluptueux et le privilégié.

Tout en lui s'était brisé dans cette chute icarienne.

Carlos Herrera, lui, tourna dans son cabanon, dès qu'il y fut seul, comme l'ours blanc du Jardin-des-Plantes dans sa cage.

Il vérifia minutieusement la porte et s'assura que, le judas excepté, nul trou n'y avait été pratiqué. Il sonda tous les murs, il regarda la hotte par la gueule de laquelle venait une faible lumière et il se dit :

« Je suis en sûreté! »

Il alla s'asseoir dans un coin où l'œil
d'un surveillant appliqué au judas à grillage n'aurait pu le voir. Puis , il ôta sa
perruque et y décolla promptement un papier qui en garnissait le fond.

Le côté de ce papier en communication
avec la tête était si graisseux, qu'il s'em-
blait être le tégument de la perruque.

Si Bibi-Lupin avait eu l'idée d'enlever
cette perruque pour connaître l'identité
de l'Espagnol avec Jacques Collin, il ne se
serait pas défié de ce papier, tant il paraissait faire partie de l'œuvre du perruquier.
L'autre côté du papier était encore assez

blanc et assez propre pour recevoir quelques lignes.

L'opération difficile et minutieuse du collage avait été commencée à la Force ; deux heures n'auraient pas suffi, la moitié de la journée y avait été employée la veille.

Le prévenu commença par rogner ce précieux papier de manière à s'en procurer une bande de quatre à cinq lignes de largeur, il la partagea en plusieurs morceaux; puis, il remit dans ce singulier magasin sa provision de papier, après en avoir humecté la couche de gomme arabique à l'aide de laquelle il pouvait rétablir l'adhérence.

Il chercha dans une mèche de ses cheveux un de ces crayons, fin comme des tiges d'épingle, dont la fabrication due à Susse était récente, et qui s'y trouvait fixé par de la colle; il en prit un fragment assez long pour écrire et assez petit pour tenir dans son oreille.

Ces préparatifs terminés avec la rapidité, la sécurité d'exécution particulière aux vieux forçats, qui sont adroits comme des singes, Jacques Collin s'assit sur le bord de son lit et se mit à méditer ses instructions pour Asie, avec la certitude de la trouver sur son chemin, tant il comptait sur le génie de cette femme,

— Dans mon interrogatoire sommaire,

se disait-il; j'ai fait l'Espagnol parlant mal le français, se reclamant de son ambassadeur; alléguant les priviléges diplomatiques et ne comprenant rien à ce qu'on lui demandait; tout cela bien scandé par des faiblesses; par des points d'orgue, des soupirs; enfin toutes les *balançoires* d'un mourant.

« Restons sur ce train. Mes papiers sont en règle. Asie et moi nous *mangerons* bien monsieur Camusot; il n'est pas fort.

» Pensons donc à Lucien; il s'agit de lui refaire le moral, il faut arriver à tout prix à cet enfant, lui tracer un plan de conduite, autrement il va se livrer, me livrer et tout perdre!... Avant son interrogatoire, il doit avoir été seriné.

» Puis il me faut des témoins qui main-
tiennent mon état de prêtre. »

Telle était la situation morale et physi-
que des deux prévenus dont le sort dépendait en ce moment de monsieur Camusot, juge d'instruction au tribunal de
première instance de la Seine, souverain
arbitre, pendant le temps que lui donnait
le code criminel, des plus petits détails
de leur existence; car lui seul pouvait
permettre que l'aumônier, le médecin de
la Conciergerie ou quique ce soit commu-
niquât avec eux.

XI

Ce qu'est un juge d'instruction pour ceux qui n'en ont pas.

Aucune puissance humaine, ni le roi, ni le garde-des-sceaux, ni le premier ministre ne peuvent empiéter sur le pouvoir d'un juge d'instruction ; rien ne l'arrête, rien ne lui commande. C'est un

souverain soumis uniquement à sa conscience et à la loi.

En ce moment où philosophes, philan-
thropes et publicistes sont incessamment
occupés à diminuer tous les pouvoirs so-
ciaux, le droit conféré par nos lois aux
juges d'instruction et devenu l'objet d'at-
taques d'autant plus terribles qu'elles sont
presque justifiées par ce droit, qui, disons-
le, est exorbitant.

Néanmoins, pour tout homme sensé, ce
pouvoir doit rester sans atteinte; on peut,
dans certains cas, en adoucir l'exercice
par un large emploi de la caution; mais la
société, déjà bien ébranlée par l'inintelli-
gence et par la faiblesse du jury (magistrature auguste et suprême, qui ne dé-

vrait être confiée qu'à des notabilités élues), serait menacée de ruine, si l'on brisait cette colonne qui soutient tout notre droit criminel.

L'arrestation préventive est une de ces facultés terribles, nécessaires, dont le danger social est contrebalancé par sa grandeur même. D'ailleurs, se défier de la magistrature est un commencement de dissolution sociale.

Détruisez l'institution, reconstruisez-la sur d'autres bases ; demandez, comme avant la révolution, d'immenses garanties de fortune à la magistrature ; mais, croyez-y ! n'en faites pas l'image de la société pour y insulter.

Aujourd'hui le magistrat, payé comme

un fonctionnaire, pauvre pour la plupart du temps, a troqué sa dignité d'autrefois contre une morgue qui semble intolérable à tous les égaux qu'on lui a faits ; car la morgue est une dignité qui n'a pas de point d'appui. Là gît le vice de l'institution actuelle.

Si la France était divisée en dix ressorts, on pourrait relever la magistrature en exigeant d'elle de grandes fortunes, ce qui devient impossible avec vingt-six ressorts.

La seule amélioration réelle à réclamer dans l'exercice du pouvoir confié au juge d'instruction, c'est la réhabilitation de la maison d'arrêt. L'état de prévention devrait n'apporter aucun changement dans les habitudes des individus.

Les maisons d'arrêt devraient, à Paris, être construites, meublées et disposées de manière à modifier profondément les idées du public sur la situation des prévenus. La loi est bonne, elle est nécessaire; l'exécution en est mauvaise, et les mœurs jugent les lois d'après la manière dont elles s'exécutent.

L'opinion publique, en France, condamne les prévenus et réhabilite les accusés par une inexplicable contradiction. Peut-être est-ce le résultat de l'esprit essentiellement frondeur du Français.

Cette inconséquence du public pari-

sien fut un des motifs qui contribuèrent
à la catastrophe de ce drame ; ce fut même, comme on le verra, l'un des plus
puissants.

Pour être dans le secret des scènes terribles qui se jouent dans le cabinet d'un
juge d'instruction ; pour bien connaître la
situation respective des deux parties bel-
ligérantes, les prévenus et la justice, dont
la lutte a pour objet le secret gardé par
ceux-ci contre la curiosité du juge, si
bien nommé le *curieux* dans l'argot des
prisons, on ne doit jamais oublier que les
prévenus mis au secret ignorent tout ce
que disent les sept à huit publics qui
forment le public ; tout ce que savent la

police, la justice, et le peu que les jour-
naux publient des circonstances du
crime.

Aussi, donner à des prévenus un avis
comme celui que Jacques Collin venait de
recevoir par Asie sur l'arrestation de Lucien, est-ce jeter une corde à un homme
qui se noie. On va voir échouer, par cette
raison, une tentative qui certes, sans cette
communication, eût perdu le forçat.

Ces termes une fois bien posés, les
gens les moins faciles à s'émouvoir vont
être effrayés de ce que produisent ces
trois causes de terreur : la séquestration,
le silence et le remords.

XII

Le juge d'instruction dans l'embarras.

Monsieur Camusot, gendre d'un des huissiers du cabinet du roi, trop connu déjà pour expliquer ses alliances et sa position, se trouvait en ce moment dans une perplexité presque égale à celle de Carlos Herrera, relativement à l'instruction qui lui était confiée.

Naguère, président d'un tribunal du ressort, il avait été tiré de cette position et appelé juge à Paris, l'une des places les plus enviées en magistrature, par la protection de la célèbre duchesse de Maufrigneuse, dont le mari, menin du dauphin et colonel d'un des régiments de cavalerie de la garde royale, était autant en faveur auprès du roi qu'elle l'était auprès de madame.

Pour un très léger service rendu, mais capital pour la duchesse, lors de la plainte en faux portée contre le jeune comte d'Es-grignon par un banquier d'Alençon, de simple juge en province il avait passé prési-

dent, et de président juge d'instruction à
Paris.

Depuis dix-huit mois qu'il siégeait dans
le tribunal le plus important de son
royaume, il avait déjà pu, sur la recom-
mandation de la duchesse de Maufrigneuse, se prêter aux vues d'une grande
dame non moins puissante, la marquise
d'Espard; mais il avait échoué.

Lucien, comme on l'a dit au début de
cette Scène, pour se venger de madame
d'Espard qui voulait faire interdire son
mari, put rétablir la vérité des faits aux
yeux du procureur-général et du comte
de Sérizy. Ces deux hautes puissances
une fois réunies aux amis du marquis
d'Espard, la femme n'avait échappé que

par la clémence de son mari au blâme du tribunal.

La veille, en apprenant l'arrestation de Lucien, la marquise d'Espard avait envoyé son beau-frère, le chevalier d'Espard, chez madame Camusot. Madame Camusot était allée incontinent faire une visite à l'illustre marquise.

Au moment du dîner, de retour chez elle, elle avait pris à part son mari dans sa chambre à coucher.

— Si tu peux envoyer ce petit fat de Lucien de Rubempré en cour d'assises, qu'on obtienne une condamnation contre lui, lui dit-elle à l'oreille, tu seras conseiller à la cour royale...

— Et comment ?

— Madame d'Espard voudrait voir tomber la tête de ce pauvre jeune homme. J'ai eu froid dans le dos, en écoutant parler une haine de jolie femme.

— Ne te mêle pas des affaires du Palais, répondit Camusot à sa femme.

— Moi, m'en mêler ? reprit-elle.

» Un tiers aurait pu nous entendre, il n'aurait pas su ce dont il s'agissait. La marquise et moi, nous avons été l'une et l'autre aussi délicieusement hypocrites que tu l'es avec moi dans ce moment.

» Elle voulait me remercier de tes bons offices dans son affaire, en me disant que,

malgré l'insuccès, elle en était reconnais-
sante. Elle m'a parlé de la terrible mission
que la loi vous donne.

» C'est affreux d'avoir à envoyer un
homme à l'échafaud , mais celui-là ! c'est
faire justice !... etc.

» Elle a déploré qu'un si beau jeune
homme amené par sa cousine , madame
du Châtelet, à Paris , eût si mal tourné.

» C'est là, disait-elle, où les mauvaises
femmes, comme une Coralie, une Esther,
mènent les jeunes gens assez corrompus
pour partager avec elles d'ignobles profits !

» Enfin de belles tirades sur la charité,
sur la religion ?

» Madame du Chatelet lui avait dit que Lucien méritait mille morts, pour avoir failli tuer sa sœur et sa mère...

» Elle a parlé d'une vacance à la cour royale, elle connaissait le garde des sceaux.

» Votre mari, madame, a une belle occasion de se distinguer ! » a-t-elle dit en finissant. Et voilà.

— Nous nous distinguons tous les jours, en faisant notre devoir, dit Camusot.

— Tu iras loin, si tu es magistrat partout, même avec ta femme ! s'écria madame Camusot. Tiens, je t'ai cru niais, aujourd'hui je t'admire...

Le magistrat eut sur les lèvres un de ces sourires qui n'appartiennent qu'à eux, comme celui des danseuses n'est qu'à elles.

— Madame, puis-je entrer? demanda la femme de chambre.

— Que me voulez-vous? lui dit sa maîtresse.

— Madame, la première femme de madame la duchesse de Maufrigneuse est venue ici pendant l'absence de madame, et prie madame, de la part de sa maîtresse, de venir à l'hôtel de Cadignan, toute affaire cessante.

— Qu'on retarde le dîner, dit la femme du juge, en pensant que le cocher du fiacre qui l'avait amené attendait son paiement.

Elle remit son chapeau, remonta dans le fiacre, et fut dans vingt minutes à l'hôtel de Cadignan.

Madame Camusot, introduite par les petites entrées, resta pendant dix minutes seule dans un boudoir attenant à la chambre à coucher de la duchesse, qui se montra resplendissante, car elle partait à Saint-Cloud, où l'appelait une invitation à la cour.

— Ma petite, entre nous, deux mots suffisent.

— Oui, madame la duchesse.

— Lucien de Rubempré est arrêté, votre mari instruit l'affaire, je garantis l'innocence de ce pauvre enfant; qu'il soit libre avant vingt-quatre heures.

» Ce n'est pas tout. Quelqu'un veut voir Lucien demain secrètement dans sa prison; votre mari pourra, s'il le veut, être présent, pourvu qu'il ne se laisse pas apercevoir...

» Je suis fidèle à ceux qui me servent, vous le savez. Le roi espère beaucoup du courage de ses magistrats dans les circonstances graves où il va se trouver bientôt. Je metterai votre mari en avant, je le recommanderai comme un homme dévoué au roi, fallût-il risquer sa tête.

Notre Camusot sera d'abord conseiller,
puis premier président n'importe où...

» Adieu... Je suis attendue, vous m'ex-
cusez n'est-ce pas?

» Vous n'obligez pas seulement le procureur-général, qui dans cette affaire ne
peut se prononcer; vous sauvez encore la
vie à une femme qui se meurt, à madame
de Sérizy. Ainsi vous ne manquerez pas
d'appuis...

» Allons, vous voyez ma confiance, je
n'ai pas besoin de vous recommander....
vous savez!

Elle se mit un doigt sur les lèvres et
disparut.

— Et moi qui n'ai pas pu lui dire que
la marquise d'Espard veut voir Lucien sur

l'échafaud ! pensait la femme du magistrat en regagnant son fiacre.

Elle arriva dans une telle anxiété, qu'en la voyant le juge lui dit :

— Amélie, qu'as-tu ?

— Nous sommes pris entre deux feux...

Elle raconta son entrevue avec la duchesse en parlant à l'oreille de son mari, tant elle craignait que sa femme de chambre n'écoutât à la porte.

— Laquelle des deux est la plus puissante ? dit-elle en terminant.

» La marquise a failli te compromettre dans la sotte affaire de la demande en interdiction de son mari, tandis que nous devons tout à la duchesse.

» L'une m'a fait des promesses vagues; tandis que l'autre dit : Vous serez conseiller d'abord, premier président ensuite!

» Dieu me garde de te donner un conseil, je ne me mêlerai jamais des affaires du Palais; mais je dois te rapporter fidèlement ce qui se dit à la cour et ce qu'on y prépare.

— Tu ne sais pas, Amélie, ce que le préfet de police m'a envoyé ce matin, et par qui? par un des hommes les plus importants de la police générale du royaume, le Bibi-Lupin de la politique, qui m'a dit que l'Etat avait des intérêts secrets dans ce procès.

» Dînons et allons aux Variétés?.. nous causerons cette nuit, dans le silence du cabinet, de tout ceci; car j'aurai besoin de ton intelligence, celle du juge ne suffit peut-être pas.

XIII

Comme quoi les chambres à coucher sont souvent des chambres de délibétions.

Les neuf dixièmes des magistrats nieront l'influence de la femme sur le mari en semblable occurrence; mais, si c'est là l'une des plus fortes exceptions sociales, on peut faire observer qu'elle est vraie quoique accidentelle.

Le magistrat est comme le prêtre, à Paris surtout, où se trouve l'élite de la magistrature : il parle rarement des affaires du palais, à moins qu'elles ne soient à l'état de chose jugée.

Les femmes de magistrats, non seulement affectent de ne jamais rien savoir, mais encore elles ont toutes assez le sentiment des convenances pour deviner qu'elles nuiraient à leurs maris, si, quand elles sont instruites de quelque secret, elles le faisaient voir.

Néanmoins, dans les grandes occasions où il s'agit d'avancement d'après tel ou tel parti pris, beaucoup de femmes ont assisté, comme Amélie, à la délibération du magistrat.

Enfin, ces exceptions, d'autant plus niables qu'elles sont toujours inconnues, dépendent entièrement de la manière dont la lutte entre deux caractères s'est accomplie au sein d'un ménage. Or madame Camusot dominait entièrement son mari.

Quand tout dormit chez eux, le magistrat et sa femme s'assirent au bureau sur lequel le juge avait déjà classé les pièces de l'affaire.

— Voici les notes que le préfet de po-

lice m'a fait remettre, sur ma demande
d'ailleurs, dit Camusot :

L'ABBÉ CARLOS HERRERA.

« Cet individu est certainement le
» nommé Jacques Collin dit Trompe-la-
» Mort, dont la dernière arrestation re-
» monte à l'année 1819, et fut opérée au
» domicile d'une dame Vauquer, tenant
» pension bourgeoise rue Neuve-Sainte-
» Geneviève, et où il demeurait caché
» sous le nom de Vautrin.

En marge, on lisait de la main du préfet de police :

« Ordre a été transmis par le télégra-
» phe à Bibi-Lupin, chef de la sûreté, de

» revenir immédiatement pour aider à la
» confrontation, car il connaît personnel-
» lement Jacques Collin, qu'il a fait arrê-
» ter en 1819 avec le concours d'une de-
» moiselle Michonneau. »

» Les pensionnaires qui logeaient dans
» la maison Vauquer existent encore et
» peuvent être cités pour établir l'identité.

» Le soi disant Carlos Herrera est l'ami
» intime, le conseiller de monsieur Lu-
» cien de Rubembré, à qui, pendant trois
» ans, il a fourni des sommes considéra-
» bles, évidemment provenues de vols.

» Cette solidarité, si l'on établit l'iden-
» tité du soi-disant Espagnol et de Jac-
» ques Collin, sera la condamnation du
» sieur Lucien de Rubembré.

L.   9

» La mort subite de l'agent Peyrade
» est due à un empoisonnement con-
» sommé par Jacques Collin, par Rubem-
» pré ou leurs affidés.

» La raison de cet assassinat vient de
» ce que l'agent était depuis longtemps
» sur les traces de ces deux habiles cri-
» minels. »

A la suite, le magistrat montra cette
phrase écrite aussi par le préfet de police
lui-même.

« Ceci est à ma connaissance person-
» nelle, et j'ai la certitude que le sieur
» Lucien de Rubempré s'est indignement
» joué de Sa Seigneurie le comte de Sé-

» rizy et de monsieur le procureur-géné-
» ral. »

— Qu'en dis-tu, Amélie!

— C'est effrayant!... répondit la femme
du juge. Achève donc!

— « La sustitution du prêtre espagnol
» au forçat Collin, est le résultat de quel-
» que crime plus habilement commis que
» celui par lequel Cogniard s'est fait comte
» de Sainte-Hélène. »

LUCIEN DE RUBEMPRÉ.

« Lucien Chardon, fils d'un apothicaire
» d'Angoulème, et dont la mère est une

» demoiselle de Rubempré, doit à une or-
» donnance du roi le droit de porter le
» nom de Rubempré. Cette ordonnance a
» été accordée à la sollicitation de la du-
» chesse de Maufrigneuse et de mon-
» sieur le comte de Sérizy.

» En 182..., ce jeune homme est venu à
» Paris sans aucun moyen d'existence, à
» la suite de madame la comtesse Sixte
» du Chatelet, alors madame de Bargeton,
» cousine de madame d'Espard.

» Ingrat envers madame de Bargeton,
» il a vécu maritalement avec une demoi-
» selle Coralie, décédée actrice du Gym-
» nase, qui a quitté pour lui monsieur

» Camusot, marchand de soieries de la
» rue des Bourdonnais.

   » Bientôt, plongé dans la misère par
» l'insuffisance des secours que lui don-
» nait cette actrice, il a compromis gra-
» vement son honorable beau-frère, im-
» primeur à Angoulème, en émettant de
» faux billets pour le paiement desquels
» David Séchard fut arrêté pendant un
» court séjour dudit Lucien à Angou-
» lême.

   » Cette affaire a déterminé la fuite de
» Rubempré, qui subitement a reparu à
» Paris avec l'abbé Carlos Herrera.

   » Sans moyens d'existence connus, le

» sieur Lucien a dépensé, en moyenne,
» durant les trois premières années de
» son second séjour à Paris, environ trois
» cent mille francs qu'il n'a pu obtenir
» que du soi-disant abbé Carlos Herrera,
» mais à quel titre?

» Il a, en outre, récemment employé
» plus d'un million à l'achat de la terre
» de Rubempré, pour obéir à une condi-
» tion mise à son mariage avec mademoi-
» selle Clotilde de Grandlieu.

» La rupture de ce mariage tient à ce
» que la famille Grandlieu, à laquelle le
» sieur Lucien avait dit tenir cette somme
» de son beau-frère et de sa sœur, a fait
» prendre des informations auprès des

» respectables époux Séchard, notamment
» par l'avoué Derville : et non seulement
» ils ignoraient ces acquisitions, mais en-
» core ils croyaient Lucien excessivement
» endetté.

« D'ailleurs la succession recueillie
» par les époux Séchard consistent en
» immeubles; et l'argent comptant, sui-
» vant leur déclaration, montait à peine à
» deux cent mille francs.

» Lucien vivait secrètement avec Es-
» ther Gobseck, il est donc certain que
» toutes les profusions du baron de Nu-
» cingen, protecteur de cette demoiselle,
» ont été remises audit Lucien.

" Lucien et son compagnon le forçat
» ont pu se soutenir plus longtemps que
» Cogniard en face du monde, en tirant
» leurs ressources de la prostitution de
» ladite Esther, autrefois *fille soumise.* »

XIV

De la police et de ses cartons.

A Paris, la police à des dossiers, presque toujours exacts, sur toutes familles et sur tous les individus dont la vie est suspecte, dont les actions sont répréhensibles. Elle n'ignore rien de toutes les déviations.

Ce calpin universel, bilan des cons-
ciences, est aussi bien tenu que l'est celui
de la Banque de France sur les fortunes.
De même que la Banque pointe les plus
légers retards, en fait de paiement, sou-
pèse tous les crédits, estime les capitalis-
tes, suit de l'œil leurs opérations; de même fait la police pour l'honnêteté des ci-
toyens.

En ceci, comme au Palais, l'innocence
n'a rien à craindre, cette action ne s'exer-
ce que sur les fautes.

Quelque haut placée que soit une famille, elle ne saurait se garantir de cette
Providence sociale. La discrétion est d'ailleurs égale à l'étendue de ce pouvoir.

Cette immense quantité de procès-verbaux des commissaires de police, de rapports, de dossiers, cet océan de renseignements dort immobile, profond et calme comme la mer.

Qu'un accident éclate, que le délit ou le crime se dressent, la justice fait un appel à la police; et aussitôt s'il existe un dossier sur les inculpés, le juge en prend connaissance.

Ces dossiers, où les antécédents sont analysés, ne sont que des renseignements qui meurent entre les murailles du palais; la justice n'en peut faire aucun usage légal, elle s'en éclaire, elle s'en sert, voilà tout.

Ces cartons fournissent en quelque sorte l'envers de la tapisserie des crimes, leurs causes premières, et presque toujours inédites. Aucun jury n'y croirait, le pays tout entier se soulèverait d'indignation, si l'on en excipait dans le procès oral de la cour d'assises.

C'est enfin la vérité condamnée à rester dans son puits, comme partout et toujours.

Il n'est pas de magistrat, après douze ans de pratique à Paris, qui ne sache que la cour d'assises, la police correctionnelle cachent la moitié de ces infamies, qui sont comme le lit sur lequel a couvé pendant longtemps le crime, et qui n'avoue que la justice ne punit pas la moitié des attentats commis.

Si le public pouvait connaître jusqu'où va la discrétion des employés de la police qui ont de la mémoire, elle révèrerait ces braves gens à l'égal des Cheverus.

On croit la police astucieuse, machiavélique, elle est d'une excessive bénignité; seulement, elle écoute les passions dans leur paroxysme, elle reçoit les délations et garde toutes ses notes. Elle n'est épouvantable que d'un côté. Ce qu'elle fait pour la justice, elle le fait aussi pour la politique. Mais, en politique, elle est aussi cruelle aussi partiale que feu l'Inquisition.

— Laissons cela, dit le juge en remettant les notes dans le dossier, c'est un secret entre la police et la justice, le juge verra ce que cela vaut; mais monsieur et madame Camusot n'en ont jamais rien su.

— As-tu besoin de me répéter cela? dit madame Camusot.

— Lucien, est coupable, reprit le juge, mais de quoi?

— Un homme aimé par la duchesse de Maufrigneuse, par la comtesse de Sérizy, par Clotilde de Grandlieu n'est pas coupable, répondit Amélie; l'autre *doit* avoir tout fait.

— Mais Lucien est complice! s'écria Camusot.

— Veux-tu m'en croire? dit Amélie, rend le prêtre à la diplomatie dont il est le plus bel ornement, innocente ce petit misérable, et trouve d'autres coupables...

— Comme tu y vas! répondit le juge en souriant. Les femmes tendent au but à travers les lois, comme les oiseaux que rien n'arrête dans l'air.

— Mais, reprit Amélie, diplomate ou forçat, l'abbé Carlos te désignera quelqu'un pour se tirer d'affaire.

— Je ne suis qu'un bonnet, tu es la tête, dit Camusot à sa femme.

— Eh bien ! la délibération est close, viens embrasser ta Mélie, il est une heure...

Et madame Camusot alla se coucher, en laissant son mari mettre ses papiers et ses idées en ordre pour les interrogatoires à faire subir le lendemain aux deux prévenus.

XV

Un produit de palais.

Donc, pendant que les paniers à salade amenaient Jacques Collin et Lucien à la Conciergerie, le juge d'instruction, après avoir déjeûné, toutefois, traversait Paris à pied, selon la simplicité de mœurs adop-

I.   10

tée par les magistrats parisiens, pour se rendre à son cabinet, où déjà toutes les pièces de l'affaire étaient arrivées.

Voici comment :

Tous les juges d'instruction ont un commis-greffier, espèce de secrétaire judiciaire assermenté, dont la race se perpétue sans primes, sans encouragements, qui produit toujours d'excellents sujets, chez lesquels le mutisme est naturel et absolu.

L'on ignore au Palais, depuis l'origine des parlements jusqu'aujourd'hui, l'exemple d'une indiscrétion commise par le greffier-commis aux instructions judiciaires. Gentil a vendu la quittance donnée à Semblançay par Louise de Savoie, un commis de la guerre a vendu à Czernicheff le plan de la campagne de Russie ; tous ces traîtres étaient plus ou moins riches.

La perspective d'une place au Palais, celle du greffe, la conscience du métier suffisent pour rendre le commis-greffier d'un juge d'instruction le rival heureux de la tombe, car la tombe est devenue indiscrète depuis les progrès de la chimie. Cet employé, c'est la plume même du juge.

Beaucoup de gens comprendront qu'on soit l'arbre de la machine et se demande-

ront comment on peut en rester l'écrou ;
mais l'écrou se trouve heureux, peut-être
a-t-il peur de la machine.

Le greffier de Camusot, jeune homme
de vingt-deux ans, nommé Coquart , était
venu le matin prendre toutes les pièces et
les notes du juge, et il les avait déjà pré-
parées dans le cabinet , quand le magistrat allait flânant le long des quais, regardant des curiosités dans les boutiques
et se demandant à lui-même :

— Comment s'y prendre avec un gaillard aussi fort que Jacques Collin, en
supposant que ce soit lui ? Le chef de la
sûreté le reconnaîtra, je dois avoir l'air

de faire mon métier, ne fut-ce que pour la police!

» Je vois tant d'impossibilités, que le mieux serait d'éclairer la marquise et la duchesse en leur montrant les notes de la police, et je vengerai mon père à qui Lucien a pris Coralie.....

» En découvrant de si noirs scélérats, mon habileté sera proclamée, et Lucien sera bientôt renié par tous ses amis.

» Allons, l'interrogatoire en décidera.

Le juge entra chez un marchand de curiosités, attiré par une horloge de Boule.

XVI

Une influence.

— Ne pas mentir à ma conscience et servir les deux grandes dames, voilà un chef-d'œuvre d'habileté, pensa-t-il. Tiens, vous aussi, monsieur le procureur-général, dit Camusot à haute voix, vous cherchez des médailles!

— C'est le goût de presque tous les justiciards , répondit en riant le comte de Grandville, à cause des revers.

Et, après avoir regardé la boutique pendant quelques instants comme s'il y achevait son examen, il emmena Camusot le long du quai, sans que Camusot pût croire autre chose qu'à un hasard.

— Vous allez interroger ce matin monsieur de Rubempré? dit le procureur-général. Pauvre jeune homme! je l'aimais.

— Il y a bien des charges contre lui, dit Camusot.

— Oui, j'ai vu les notes de la police; mais elles sont dues, en partie, à un agent qui ne dépend pas de la Préfecture, au fameux Corentin, un homme qui a fait couper le cou à plus d'innocens que vous n'enverrez de coupables à l'échafaud, et... Mais ce drôle est hors de notre portée.

Sans vouloir influencer la conscience d'un magistrat tel que vous, je ne peux pas m'empêcher de vous faire observer que, si vous pouviez acquérir la conviction de l'ignorance de Lucien, relativement au testament de cette fille, il en résulterait qu'il n'avait aucun intérêt à sa mort, car elle lui donnait prodigieusement d'argent!

— Nous avons la certitude de son absence pendant l'empoisonnement de cette Esther, dit Camusot.

[« Il guettait à Fontainebleau le passage de mademoiselle de Grandlieu et de la duchesse de Lenoncourt.

— Oh! reprit le procureur-général, il conservait, sur son mariage avec mademoiselle de Grandlieu, de telles espérances (je le tiens de la duchesse de Grandlieu elle-même) qu'il n'est pas possible de supposer un garçon si spirituel compromettant tout par un crime inutile.

— Oui, dit Camusot, surtout si cette Esther lui donnait tout ce qu'elle gagnait...

— Derville et Nuncingen disent qu'elle est morte ignorant la succession qui lui était depuis longtemps échue, ajouta le procureur-général.

— Mais, à quoi croyez-vous donc alors? demanda Camusot, car il y a quelque chose.

— A un crime commis par les domestiques, répondit le procureur-général.

—Malheureusement fit observer Camusot, il est bien dans les mœurs de Jacques Collin, car le prêtre espagnol est bien certainement ce forçat évadé, de prendre les sept cent cinquante mille francs produits par la vente de l'inscription des rentes en trois pour cent donnée par Nucingen.

— Vous peserez tout, mon cher Camusot; ayez de la prudence.

L'abbé Carlos Herrera tient à la diplomatie... mais un ambassadeur qui com-
mettrait un crime ne serait pas sauvegar-
dé par son caractère.

Est-ce ou n'est-ce pas l'abbé Carlos
Herrera? voilà la question la plus impor-
tante...

Et monsieur de Grandville salua comme un homme qui ne veut pas de
réponse.

— Lui aussi veut donc sauver Lucien?

Pensa Camusot qui prit par le quai des

Lunettes, pendant que le procureur-général entrait au Palais par la cour de
Harlay.

XVII

Un piège à forçat.

Arrivé dans la cour de la Conciergerie, Camusot entra chez le directeur de cette prison et l'emmena loin de toute oreille, au milieu du pavé.

— Mon cher Monsieur, faites-moi le

plaisir d'aller à la Force, savoir de votre collègue s'il a l'avantage de posséder en ce moment quelques forçats qui aient habité, de 1810 à 1815, le bagne de Toulon; voyez si vous en avez autant chez vous.

» Nous ferons transférer ceux de la Force ici pour quelques jours, et vous me direz si le prétendu prêtre espagnol sera reconnu par eux pour être Jacques Collin dit Trompe-la-Mort.

— Bien, Monsieur Camusot; mais Bibi-Lupin est arrivé.

— Ah! déjà, s'écria le juge.

— Il était à Melun. On lui a dit qu'il s'agissait de Trompe-la-Mort; il a souri de plaisir, et il attend vos ordres...

— Envoyez-le-moi.

Le directeur de la Conciergerie put alors présenter au juge d'instruction la requête de Jacques Collin, en en peignant l'état déplorable.

— J'avais l'intention de l'interroger le premier, répondit le magistrat; mais non pas à cause de sa santé.

» J'ai reçu ce matin une note du directeur de la Force. Or, ce gaillard, qui dit être à l'agonie depuis vingt-quatre heures a si bien dormi, que l'on est entré dans son cabanon, à la Force, sans qu'il entendit le médecin que le directeur avait envoyé chercher; le médecin ne lui a pas même tâté le pouls, il l'a laissé dormir : ce qui prouve qu'il aurait une aussi bonne conscience qu'une aussi bonne santé.

I.   11

» Je ne vais croire à cette maladie que pour étudier le jeu de mon homme, dit en souriant monsieur Camusot.

— On apprend tous les jours avec les prévenus et les accusés, fit observer le directeur de la Conciergerie.

La Préfecture de Police communique avec la Conciergerie, et les magistrats, de même que le directeur de la prison, par suite de la connaissance de ces passages souterrains, peuvent s'y rendre avec une excessive promptitude.

Ainsi s'explique la facilité miraculeuse avec laquelle le ministère public et les présidens de la cour d'assises peuvent,

séance tenante, avoir certains renseignements.

Aussi quand monsieur Camusot fut en
haut de l'escalier qui menait à son cabinet, trouva-t-il Bibi-Lupin accouru par la
salle des Pas-Perdus.

Quel zèle! lui dit le juge en souriant.

— Ah! c'est que si c'est *lui*, répondit le
chef de la sûreté, vous verrez une terrible danse au préau, pour peu qu'il y aurait des *chevaux de retour* (anciens forçats,
en argot).

— Et pourquoi?

— Trompe-la-mort a mangé la gre-
nouille, et je sais qu'*ils* ont juré de l'ex-
terminer.

Ils signifiaient les forçats, dont le trésor
confié depuis vingt ans à Trompe-la-Mort,
avait été dissipé pour Lucien, comme on
le sait.

— Pourriez-vous retrouver des témoins
de sa dernière arrestation ?

— Donnez-moi deux citations de témoins, et je vous en amène aujour-
d'hui.

— Coquart, dit le juge ôtant ses gants,
mettant sa canne et son chapeau dans un

coin, remplissez deux citations sur les renseignemens de monsieur l'agent.

Il se regarda dans la glace de la cheminée, sur le chambranle de laquelle il y avait, à la place de pendule, une cuvette et un pot à eau; d'un côté une carafe pleine d'eau et un verre, et de l'autre une lampe.

Le juge sonna.

L'huissier vint après quelques minutes.

— Ai-je déjà du monde? demanda-t-il à l'huissier chargé de recevoir les témoins, de vérifier leurs citations et de les placer dans leur ordre d'arrivée.

I.   12

— Oui monsieur.

— Prenez les noms des personnes venues, apportez-m'en la liste.

Les juges d'instruction, avares de leur
temps, sont quelquefois obligés de con-
duire plusieurs instructions à la fois.

Telle est la raison des longues factions
que font les témoins appelés dans la
pièce où se tiennent les huissiers et où
retentissent les sonnettes des juges d'instruction.

— Après, dit Camusot à son huissier,
vous irez chercher l'abbé Carlos Herrera.

— Ah! il est en Espagnol? en prêtre?
m'a-t on dit. Bah! c'est renouvelé de Col-
let, monsieur Camusot, s'écria le chef de
la sûreté.

— Il n'y a rien de neuf, répondit Camusot en signant deux de ces citations
formidables qui troublent tout le monde,
même les plus innocents témoins que la
justice mande ainsi à comparoir sous des
peines graves, faute d'obéir.

XVIII

Jacques Collin au secret remue le monde.

En ce moment Jacques Collin avait terminé, depuis une demi-heure environ, sa profonde délibération, et il était sous les armes.

Rien ne peut mieux achever de peindre cette figure du peuple en révolte contre les lois, que quelques lignes qu'il avait tracées sur ses papiers graisseux.

Le sens du premier était ceci, car ce fut écrit dans le langage convenu entre Asie et lui, l'argot de l'argot, le chiffre appliqué à l'idée.

« Va chez la duchesse de Maufrigneuse
» ou chez madame de Sérizy, que l'une
» ou l'autre voie Lucien avant son inter-
» rogatoire, et qu'elle lui donne à lire le
» papier ci-inclus.

» Enfin il faut trouver nos deux vo-
» leurs, qu'ils soient à ma disposition, et

» prêts à jouer le rôle que je leur indi-
» querai.

» Cours chez Rastignac, dis-lui de la
» part de celui qu'il a rencontré au bal
» de l'Opéra, de venir attester que l'abbé
» Carlos Herrera ne ressemble en rien
» au Jacques Collin arrêté chez la Vau-
» quer.

» Obtenir pareille chose du docteur
» Bianchon.

» Faire travailler les deux *femmes à*
» *Lucien* dans ce but. »

Sur le papier inclus, il y avait en bon
français :

« Lucien, n'avoue rien sur moi, je dois
» être pour toi l'abbé Carlos Herrera.

» Non seulement c'est ta justification;
» mais encore un peu de tenue, et tu as
» sept millions, plus l'honneur sauf. »

Ces deux papiers collés du côté de
l'écriture, de manière à faire croire que
c'était un fragment de la feuille, furent
roulés avec un art particulier à ceux qui
ont rêvé dans le bagne aux moyens d'être
libre.

Le tout prit la forme et la consistance
d'une boule de crasse, grosse comme ces
têtes en cire que les femmes économes
adaptent aux aiguilles dont le chas s'est
rompu.

— Si c'est moi qui vais à l'instruction le premier, nous sommes sauvés; mais si c'est le petit, tout est perdu, se dit-il en attendant.

Ce moment était si cruel, que cet homme si fort eut le visage couvert d'une sueur blanche.

Ainsi, cet homme prodigieux devinait vrai dans sa sphère de crime, comme Molière dans la sphère de la poésie dramatique, comme Cuvier avec les créations disparues. Le génie en toute chose est une intuition.

Au-dessous de ce phénomène, le reste des œuvres remarquables se doit au talent. En ceci consiste la différence qui sépare les gens du premier des gens du second ordre. Le crime a ses hommes de de génie.

Jacques Collin, aux abois, se rencontrait avec madame Camusot, l'ambitieuse, et avec madame de Sérizy, dont l'amour s'était réveillé sous le coup de la terrible catastrophe où s'abîmait Lucien.

Tel était le suprême effort de l'intelligence humaine contre l'armure d'acier de la justice.

En entendant crier la lourde ferraille des serrures et des verroux de sa porte, Jacques Collin reprit son masque de mou-

rant ; il y fut aidé par l'enivrante sensation
de plaisir que lui causa le bruit des souliers dù surveillant dans le corridor.

Il ignorait par quels moyens Asie arri-
verait jusqu'à lui ; mais il comptait la voir
sur son passage, surtout après la pro-
messe qu'il en avait reçue à l'arcade Saint-
Jean.

XIX

Asie à l'œuvre.

Après cette heureuse rencontre, Asie était descendue sur la Grève.

En 1830, le nom de Grève avait un sens aujourd'hui perdu.

Toute la partie du quai, depuis le pont

d'Arcole jusqu'au pont Louis-Philippe,
était alors telle que la nature l'avait faite,
à l'exception de la voie pavée qui, d'ailleurs, était disposée en talus. Aussi, dans
les grandes eaux, pouvait-on aller en ba-
teau le long des maisons et dans les rues
en pente qui descendaient sur la rivière.

Sur ce quai, les rez-de-chaussée étaient
presque tous élevés de quelques marches.
Quand l'eau battait le pied des maisons, les
voitures prenaient par l'épouvantable rue
de la Mortellerie, abattue en grande partie
aujourd'hui pour agrandir l'Hôtel-de-
Ville.

Il fut donc facile à la fausse marchande

de pousser rapidement la petite voiture
au bas du quai, et de l'y cacher jusqu'à ce
que la véritable marchande, qui d'ailleurs
buvait le prix de sa vente en bloc dans un
des ignobles cabarets de la rue de la Mortellerie, vint la reprendre à l'endroit où
l'emprunteuse avait promis de la laisser.

En ce moment, on achevait l'agrandis-
sement du quai Pelletier; l'entrée du
chantier était gardée par un invalide, et la
brouette confiée à ses soins ne courait
aucun risque.

Asie prit aussitôt un fiacre sur la place
de l'Hôtel-de-Ville, et dit au cocher :

— Au Temple! et du train, *il y a gras.*

Une femme vêtue comme l'était Asie pouvait, sans exciter la moindre curiosité, se perdre dans la vaste halle où s'amoncèlent toutes les guenilles de Paris, où grouillent mille marchands ambulants où babillent deux cents revendeuses.

Les deux prévenus étaient à peine écroués qu'elle se faisait habiller dans un petit entresol humide et bas, situé au-dessus d'une de ces horribles boutiques où se vendent tous les restes d'étoffes volés par les couturières ou par les tailleurs, et tenue par une vieille demoiselle appelée

la Romette, de son petit nom de Jéro-
mette.

La Romette était aux marchandes à la
toilette ce que ces madames la Ressource
sont elles-mêmes aux femmes dites comme
il faut dans l'embarras, une usurière à
cent pour cent.

— Ma fille, dit Asie, il s'agit de me fi-
celer. Je dois être au moins une baronne
du faubourg Saint-Germain.

» Et bricollons tout *pus vite que ça!* reprit-elle, car j'ai les pieds dans l'huile
bouillante! Tu sais quelles robes me
vont.

» En avant le pot de rouge, trouve-moi

13

des dentelles chouettes! et donne-moi les plus reluisants *bibelots*...

» Envoie la petite chercher un fiacre, et qu'elle le fasse arrêter à notre porte de derrière.

— Oui, madame, répondit la vieille fille avec une soumission et un empresse-ment de servante en présence de sa maî-tresse.

Si cette scène avait eu quelque témoin, il eût facilement vu que la femme cachée sous le nom d'Asie était chez elle.

— On me propose des diamants!... dit la Romette en coiffant Asie.

— Sont-ils volés?...

— Je le crois...

— Eh bien! quel que soit le profit, mon enfant, il faut s'en priver. Nous avons les *curieux* à craindre pendant quelque temps.

On comprend dès-lors comment Asie put se trouver dans la salle des Pas-Perdus du Palais-de-Justice, une citation à la main, se faisant guider dans les corridors et dans les escaliers qui mènent chez les juges d'instruction, et demandant monsieur Camusot, un quart-d'heure environ avant l'arrivée du juge.

XX

Une vue de la salle des Pas-Perdus.

Asie ne se ressemblait plus à elle-même. Après avoir, comme une actrice, lavé son visage de vieille, mis du rouge et du blanc, elle s'était enveloppée la tête dans une admirable perruque blonde.

Mise absolument comme une dame du faubourg Saint-Germain en quête de son chien perdu, elle paraissait avoir quarante ans, car elle s'était caché le visage sous un magnifique voile de dentelle noire. Un corset rudement sanglé maintenait sa taille de cuisinière. Très bien gantée, armée d'une tournure un peu forte, elle exhalait une odeur de poudre à la maréchale.

Badinant avec un sac à monture en or, elle partageait son attention entre les murailles du palais, où elle errait évidemment pour la première fois, et la laisse d'un joli *kings' dog*.

Une pareille douairière fut bientôt remarquée par la population en robe noire de la salle des Pas-Perdus.

Outre les avocats sans cause qui balayent cette salle avec leurs robes et qui nomment les grands avocats par leurs noms de baptême, à la manière des grands seigneurs entre eux, pour faire croire qu'ils appartiennent à l'aristocratie de l'Ordre, on voit souvent de patients jeunes gens, à la dévotion des avoués, faisant le pied de grue à propos d'une seule cause retenue en dernier et susceptible d'être plaidée, si les avocats des causes retenues en premier se faisaient entendre ailleurs.

Ce serait une peinture curieuse que

celle des différences entre chacune des robes noires qui se promènent dans cette immense salle trois par trois, quelquefois quatre à quatre, en produisant par leurs causeries l'immense bourdonnement qui retentit dans cette salle, si bien nommée, car la marche use les avocats autant que les prodigalités de la parole, mais elle trouvera place dans l'étude destinée à peindre les avocats de Paris.

Asie avait compté sur les flaneurs du palais, elle riait sous cape de quelques plaisanteries qu'elle entendait et finit par attirer l'attention de Massol, un jeune stagiaire plus occupé de *la Gazette des Tribunaux* que par ses cliens, qui mit en riant ses bons offices à la discrétion d'une femme si bien parfumée et si richement habillée.

Asie prit une petite voix de tête pour expliquer à cet obligeant monsieur qu'elle se rendait à une citation d'un juge nommé Camusot...

— Ah ! pour l'affaire Rubempré.

Le procès avait déjà son nom !

— Oh! ce n'est pas moi, c'est ma femme de chambre, une fille surnommée Europe, que j'ai eue pendant vingt-quatre heures, et qui s'est enfuie, en voyant que mon suisse m'apportait ce papier timbré.

Puis, comme toutes les vieilles femmes dont la vie se passe en bavardage au coin du feu, poussée par Massol, elle fit des parenthèses, elle raconta ses malheurs avec son premier mari, l'un des trois directeurs de la caisse territoriale.

Elle consulta le jeune avocat sur la question de savoir si elle devait entamer un procès avec son gendre, le comte de Gross-Narp, qui rendait sa fille très malheureuse, et si la loi lui permettrait de disposer de sa fortune.

Massol ne pouvait, malgré ses efforts, deviner si la citation était donnée à la maîtresse ou à la femme de chambre.

Dans le premier moment, il s'était contenté de jeter les yeux sur cette pièce judiciaire dont les exemplaires sont bien connus; car, pour plus de célérité, elle est imprimée, et les greffiers des juges d'instruction n'ont plus qu'à remplir des blancs ménagés pour les noms et la demeure des témoins, l'heure de la comparution, etc.

Asie se faisait expliquer le palais, qu'elle connaissait mieux que l'avocat ne le connaissait lui-même; enfin, elle finit par lui demander à quelle heure ce monsieur Camusot venait.

— Mais, en général, les juges d'ins-

truction commencent leurs interrogatoires vers dix heures.

— Il est dix heures moins un quart, dit-
elle en regardant à une jolie petite montre, un vrai chef-d'œuvre de bijouterie,
qui fit penser à Massol : - Où la fortune
va-t-elle se nicher!...

XXI

Massol rêve un mariage.

En ce moment, Asie était arrivée à cette salle obscure donnant sur la cour de la Conciergerie et où se tiennent les huissiers.

En apercevant le guichet à travers la croisée, elle s'écria :

— Qu'est-ce que ces grands murs là ?

— C'est la Conciergerie.

— Ah ! voilà la Conciergerie où notre pauvre reine... Oh ! je voudrais voir son cachot !...

— C'est impossible, madame la baronne, répondit l'avocat qui donnait le bras à la douairière, il faut avoir des permissions qui s'obtiennent très difficilement.

— On m'a dit, reprit-elle, que Louis XVIII avait fait lui-même, en latin, l'inscription qui se trouve dans le cachot de Marie-Antoinette.

— Oui, madame la baronne.

— Je voudrais savoir le latin, pour étudier les mots de cette inscription-là ! répliqua-t-elle.

» Croyez-vous que monsieur Camusot puisse me donner une permission?...

— Cela ne le regarde pas ; mais il peut vous accompagner...

— Mais ses interrogatoires? dit-elle.

— Oh! répondit Massol, les prévenus peuvent attendre.

— Tiens, ils sont prévenus, c'est vrai! répliqua naïvement Asie.

» Mais je connais monsieur de Grand-ville, votre procureur-général...

Cette interjection produisit un effet ma-gique sur les huissiers et sur l'avo-cat.

— Ah! vous connaissez monsieur le procureur-général, dit Massol, qui pen-sait à demander le nom et l'adresse de *la cliente* que le hasard lui procu-rait.

— Je le vois souvent chez monsieur de Sérizy, son ami. Madame de Sérizy est ma parente par les Ronquerolles...

— Mais si madame veut descendre à la Conciergerie, dit un huissier, elle...

— Oui, dit Massol.

Et les huissiers laissèrent descendre l'avocat et la baronne, qui se trouvèrent bientôt dans le petit corps-de-garde auquel aboutit l'escalier de la Souricière, local bien connu d'Asie, et qui forme, ainsi qu'on l'a vu, entre la Souricière et la sixième chambre, comme un poste d'observation par où tout le monde est obligé de passer.

— Demandez donc à ces messieurs si monsieur Camusot est venu ! dit-elle, en observant les gendarmes qui jouaient aux cartes.

— Oui, madame, il vient de monter de la Souricière...

I.   14

— La Souricière ! dit-elle. Qu'est-ce que c'est...

» Oh ! suis-je bête de ne pas être allée tout droit chez le comte de Grandville... Mais je n'ai pas le temps...

» Menez-moi, monsieur, parler à monsieur Camusot avant qu'il ne soit occupé.

— Oh ! madame vous aviez bien le temps de parler à monsieur Camusot, dit Massol.

» En lui faisant passer votre carte, il vous évitera le désagrément de faire antichambre arec les témoins. On a des égards au Palais pour les femmes comme vous...

» Vous avez des cartes...

XXII

A quoi servaient Massol et le king' dog?

En ce moment Asie et son avocat se
trouvaient précisément devant la fenêtre
du corps de garde d'où les gendarmes peuvent voir le mouvement du guichet de la
Conciergerie. Les gendarmes, nourris dans

le respect dû aux défenseurs de la veuve
et de l'orphelin, connaissant d'ailleurs les
priviléges de la robe, tolérèrent pour
quelques instans la présence d'une baronne accompagnée d'un avocat.

Asie se laissait raconter par le jeune
avocat les épouvantables choses qu'un
jeune avocat peut dire sur le guichet.

Elle refusa de croire qu'on fît la toilette aux condamnés à mort derrière les
grilles qu'on lui désignait; mais le brigadier le lui affirma.

— Comme je voudrais voir cela!... dit-
elle.

Elle resta là coquetant avec le briga·

dier et son avocat, jusqu'à ce qu'elle vit Jacques Collin, soutenu par deux gendarmes et précédé de l'huissier de monsieur Camusot sortant du guichet.

— Ah! voilà l'aumonier des prisons qui vient sans doute de préparer un malheureux.

— Non, non, madame la baronne, répondit le gendarme. C'est un prévenu qui vient à l'instruction.

— Et de quoi donc est-il accusé?

— Il est impliqué dans cette affaire d'empoisonnement.

— Oh!... je voudrais bien le voir...

Vous ne pouvez pas rester ici, dit le brigadier, car il est au secret, et va traverser notre corps-de-garde.

» Tenez, madame, cette porte donne sur l'escalier...

Merci, monsieur l'officier dit la baronne en se dirigeant vers la porte pour se précipiter dans l'escalier, où elle s'écria :

— Mais, où suis-je?

Cet éclat de voix alla jusqu'à l'oreille de Jacques Collin, qu'elle voulait ainsi préparer à la voir.

Le brigadier courut après madame la

baronne, la saisit par le milieu du corps et la transporta comme une plume au milieu de cinq gendarmes qui s'étaient dressés comme un seul homme; car, dans ce corps-de-garde, on se défie de tout. C'était de l'arbitraire, mais de l'arbitraire nécessaire.

L'avocat lui-même avait poussé deux exclamations : « Madame! madame! » pleines d'effroi, tant il craignait de se compromettre.

L'abbé Carlos Herrera, presque évanoui, s'arrêta sur une chaise dans le corps-de-garde.

— Pauvre homme! dit la baronne. Est-ce là un coupable?

Ces paroles, quoique prononcées à
l'oreille du jeune avocat, furent enten-
due par tout le monde, car il régnait dans
cet affreux corps-de-garde un silence de
mort.

Quelques personnes privilégiées obtiennent quelquefois la permission de
voir les fameux criminels pendant qu'ils
passent dans ce corps-de-garde ou dans
les couloirs : en sorte que l'huissier et
les gendarmes chargés d'amener l'abbé
Carlos Herrera ne firent aucune observation.

D'ailleurs, il existait, grâce au dévoûment du brigadier qui avait *empoigné* la
baronne pour empêcher toute communi-

cation entre le prévenu mis au secret et les étrangers, un espace très rassurant.

— Allons! dit Jacques Collin, qui fit un effort pour se lever.

En ce moment la petite boule tomba de sa manche et la place où elle s'arrêta fut remarquée par la baronne, à qui son voile laissait la liberté de ses regards. Humide et graisseuse, la boulette n'avait pas roulé, car ces petites choses en apparence indifférentes étaient toutes calculées par Jacques Collin pour une complète réussite.

Lorsque le prévenu fut conduit dans la

partie supérieure de l'escalier, Asie lâcha très naturellement son sac et le ramassa lestement ; mais en se baissant elle avait pris la boule que sa couleur, absolument pareille à celle de la poussière et de la boue du plancher, empêchait d'être aperçue.

— Ah ! dit-elle, ça m'a serré le cœur... il est mourant...

— Ou il le paraît, répliqua le brigadier.

— Monsieur, dit Asie à l'avocat, conduisez-moi promptement chez monsieur Camusot ; je viens pour cette affaire... et peut-être sera-t-il bien aise de me voir avant d'interroger ce pauvre abbé...

L'avocat et la baronne quittèrent le

corps-de-garde aux murs oléagineux et
fuligineux ; mais , quand ils furent en
haut de l'escalier, Asie fit une exclama-
tion :

— Et mon chien !... oh ! monsieur, mon
pauvre chien.

Et comme une folle elle s'élança dans
la salle des Pas-Perdus, en demandant
son chien à tout le monde.

— Elle atteignit la galerie marchande,
et se précipita vers un escalier en disant :

— Le voilà !

Cet escalier était celui qui mène à la
cour du Harlay, par où, sa comédie jouée,
elle alla se jeter dans un des fiacres qui
stationnent au quai des orfèvres, et elle
disparut avec le mandat à comparaître

lancé contre Europe, dont les véritables noms étaient encore igorés par la police et par la justice.

XXIII

Asie au mieux avec la duchesse.

— Rue Neuve-Saint-Marc ! cria la fausse baronne au cocher.

Asie pouvait compter sur l'inviolable discrétion d'une marchande à la toilette appelée madame Nourrisson, également

connue sous le nom de madame de Sainte-
Estève, qui lui prêtait non seulement son
individualité, mais encore sa boutique,
où souvent Asie trouvait un refuge.

Asie était là comme chez elle, car elle
occupait une chambre dans le logement
de madame Nourrisson. Elle paya le fiacre
et monta dans sa chambre, après avoir
salué madame Nourrisson de manière à
lui faire comprendre qu'elle n'avait pas
le temps d'échanger deux mots.

Une fois loin de tout espionnage, Asie
se mit à déplier les papiers avec les soins
que les savans prennent pour dérouler
les palimpsestes.

Après avoir lu ces instructions, elle jugea

nécessaire de transcrire sur du papier à lettre les lignes destinées à Lucien.

Puis elle descendit chez madame Nour- risson, qu'elle fit causer pendant qu'une petite fille de boutique alla chercher un fiacre sur le boulevard des Italiens. Asie eut ainsi les adresses de la duchesse de Maufrigneuse et de madame de Sérizy, que connaissait madame Nourrisson par ses relations avec les femmes de cham- bre.

Ces diverses courses, ces occupations minutieuses employèrent plus de deux heures.

Madame la duchesse de Maufrigneuse

qui demeurait en haut du faubourg Saint-
Honoré, fit attendre madame de Saint-
Estève pendant une heure, quoique la
femme de chambre lui eût fait passer par
la porte de son boudoir, après y avoir
frappé, la carte de madame de Saint-
Estève, sur laquelle Asie avait écrit :

*Venue pour démarche urgente concernant
Lucien.*

Au premier rayon qu'elle jeta sur la
figure de la duchesse, Asie comprit combien sa visite était intempestive ; aussi
s'excusa-t-elle d'avoir troublé *le repos* de
madame la duchesse sur le péril dans
lequel se trouvait Lucien...

— Qui êtes-vous ?...

Demanda la duchesse sans aucune for-
mule de politesse, en toisant Asie qui
pouvait bien être prise pour une baronne,
par maître Massol dans la salle des Pas-
Perdus, mais qui, sur les tapis du petit
salon de l'hôtel Cadignan, faisait l'effet
d'une tache de cambouis sur une robe de
satin blanc.

— Je suis une marchande à la toilette,
madame la duchesse; car en semblables
conjectures, on s'adresse aux femmes dont
la profession repose snr une discrétion
absolue.

» Je n'ai jamais trahi personne, et Dieu
sait combien de grandes dames m'ont

confié leurs diamans pour un mois, en demandant des parures en faux absolument semblables aux leurs...

Vous avez un autre nom? dit la duchesse, en souriant de la réminiscence provoquait en elle cette réponse.

— Oui, madame la duchesse, je suis madame Sainte-Estève dans les grandes occasions, mais je me nomme dans le commerce madame Nourrisson.

— Bien, bien... répondit vivement la duchesse en changeant de ton.

— Je puis, dit Asie en continuant, rendre de grands services, car nous avons les secrets des maris aussi bien que ceux des femmes.

» J'ai beaucoup d'affaires avec mon-

sieur de Marsay, que madame la duchesse...

— Assez! assez!... s'écria la duchesse,
occupons-nous de Lucien.

— Si madame la duchesse veut le sauver, il faudrait qu'elle eût le courage de
ne pas perdre de temps à s'habiller,
d'ailleurs madame la duchesse ne pourrait pas être plus belle qu'elle ne l'est en
ce moment. Vous êtes jolie à croquer parole d'honneur de vieille femme.

» Enfin, ne faites pas atteler, madame
et montez en fiacre avec moi...

» Venez chez madame de Sérizy, si
vous voulez éviter des malheurs plus
grands que ne le serait celui de la mort
de ce chérubin.

— Allez! je vous suis, dit alors la duchesse après un moment d'hésitation.

» A nous deux, nous donnerons du
courage à Léontine...

XXIV

Une belle douleur.

Malgré l'activité vraiment infernale de cette Dorine du Bagne, trois heures sonnaient quand elle entrait avec la duchesse de Maufrigneuse chez madame de Sérizy, qui demeurait rue de la Chaussée-d'Antin.

Mais là, grâce à la duchesse, il n'y eut pas un instant de perdu.

Toutes deux, elles furent aussitôt introduites auprès de la comtesse, qu'elles trouvèrent couché sur un divan dans un châlet en miniature, au milieu d'un jardin embaumé par les fleurs les plus rares.

— C'est bien, dit Asie en regardant autour d'elle, on ne pourra pas nous écouter.

— Ah! ma chère! je me meurs! Voyons, Diane, qu'as-tu fait?... s'écria la comtesse qui bondit comme un faon en saisissant la duchesse par les épaules et en fondant en larmes.

— Allons, Léontine, il y a des occasions
où les femmes comme nous ne doivent
pas pleurer, mais agir, dit la duchesse en
forçant la comtesse à se rasseoir avec elle
sur le canapé.

Asie étudia cette comtesse avec ce regard particulier aux vieilles rouées, et
qu'elles promènent sur l'âme d'une femme
avec la rapidité des bistouris de la chi-
rurgie fouillant une plaie.

La compagne de Jacques Collin reconnut alors les traces du sentiment le plus
rare chez les femmes du monde, une vraie
douleur!... cette douleur qui fait des sil-
lons ineffaçables dans le cœur et sur le
visage.

Dans la mise, pas la moindre coquette-
rie ! La comtesse comptait alors quarante-
cinq printemps, et son peignoir en mous-
seline imprimée et chiffonné laissait voir
le corsage sans aucune préparation, ni
corset'...

Les yeux cerclés d'un tour noir, les
joues marbrées, attestaient des larmes
amères. Pas de ceinture au peignoir. Les
broderies de la jupe de dessous et de la
chemise étaient fripées.

Les cheveux ramassés sous un bonnet
de dentelle, ignorant les soins du pei-
gne depuis vingt-quatre heures, montraient une courte natte grèle et toutes les
mèches à boucles dans leur pauvreté.

Léontine avait oublié de mettre ses fausses nattes.

— Vous aimez pour la première fois de votre vie, lui dit silencieusement Asie.

Léontine alors aperçut Asie et fit un mouvement d'effroi.

— Qui est-ce, ma chère Diane? dit-elle à la duchesse de Maufrigneuse.

— Qui veux-tu que je t'amène, si ce n'est une femme dévouée à Lucien et prête à nous servir.

XXV

Un type de Parisienne.

Asie avait deviné la vérité.

Madame de Sérizy, qui passait pour être une des femmes du monde des plus légères avait eu pour le marquis d'Aiglemont, un attachement de dix années.

Depuis le départ du marquis pour les colonies, elle était devenue folle de Lucien et l'avait détaché de la duchesse de Maufrigneuse, ignorant, comme tout Paris d'ailleurs, l'amour de Lucien pour Esther.

Dans le grand monde un attachement constaté gâte plus la réputation d'une femme que dix aventures secrètes, à plus forte raison deux attachements.

Néanmoins, comme personne ne comptait avec madame de Sérizy, l'historien ne saurait garantir sa vertu à deux écornures.

C'était une blonde de moyenne taille,

conservée comme les blondes qui se sont
conservées, c'est-à-dire paraissant à peine
avoir trente ans, fluette sans maigreur,
blanche, à cheveux cendrés; les pieds,
les mains, le corps d'une finesse aristo-
cratique; spirituelle comme une Ronquerolles, et par conséquent aussi méchante
pour les femmes qu'elle était bonne pour
les hommes.

Elle avait toujours été préservée par sa
grande fortune, par la haute position de
son mari, par celle de son frère le marquis de Ronquerolles, des déboires dont
eût été sans doute abreuvée tout autre
femme qu'elle. Elle avait un grand mé-
rite; elle était franche dans sa déprava-

tion, elle avouait son culte pour les mœurs de la régence.

Or, à quarante-deux ans, cette femme, pour qui les hommes avaient été jusque là d'agréables jouets, et à qui, chose étrange, elle avait accordé beaucoup en ne voyant dans l'amour que des sacrifices à subir pour les dominer, avait été saisie à l'aspect de Lucien par un amour semblable à celui du baron de Nucingen pour Esther.

Elle avait alors aimé, comme venait de lui dire Asie, pour la première fois de sa vie.

Ces transpositions de jeunesse sont

plus fréquentes qu'on ne croit chez les Parisiennes, chez les grandes dames, et causent les chutes inexplicables de quelques femmes vertueuses au moment où elles atteignent au port de la quarantaine. La duchesse de Maufrigneuse était la seule confidente de cette passion terrible et complète, dont les bonheurs, depuis les sensations enfantines du premier amour jusqu'aux gigantesques folies de la volupté, rendaient Léontine folle et insatiable.

L'amour vrai, comme on sait, est impitoyable. La découverte d'une Esther avait été suivie d'une de ces ruptures colériques où chez les femmes la rage va jusqu'à l'assassinat; puis la période des lâchetés, auxquelles l'amour sincère s'abandonne avec tant de délices, était venue.

Aussi, depuis un mois, la comtesse aurait-elle donné dix ans de sa vie pour revoir Lucien pendant huit jours.

Enfin elle en était arrivée à accepter la rivalité d'Esther, au moment où, dans ce paroxisme de tendresse, avait éclaté, comme une trompette du jugement dernier, la nouvelle de l'arrestation du bien-aimé.

La comtesse avait failli mourir, son mari l'avait gardée lui-même au lit, en craignant les révélations du délire, et, depuis vingt-quatre heures, elle vivait avec un poignard dans le cœur. Elle disait, dans sa fièvre, à son mari.

— Délivre Lucien, et je ne vivrai plus que pour toi!

XXVI

Asie en paysan du Danube.

— Il ne s'agit pas de faire des yeux de chèvre morte, comme dit madame la duchesse, s'écria la terrible Asie en secouant la comtesse par le bras.

Si vous voulez le sauver, il n'y a pas

une minute à perdre. Il est innocent, je le jure sur les os de ma mère!

— Oh! oui, n'est-ce pas..... cria la comtesse en regardant avec bonté l'affreuse commère.

— Mais, dit Asie en continuant, si monsieur Camusot l'*interroge mal*, avec deux phrases il peut en faire un coupable ; et, si vous avez le pouvoir de vous faire ouvrir la Conciergerie et de lui parler, partez à l'instant et remettez-lui ce papier... Demain il sera libre, je vous le garantis...

➤ Tirez-le de là, car c'est vous qui l'y avez mis...

— Moi!..

— Oui, vous !...

» Vous autres grandes dames, vous n'avez jamais le sou, même quand vous êtes riches à millions.

» Quand je me donnais le luxe d'avoir des gamins, ils avaient leurs poches pleines d'or ! je m'amusais de leur plaisir. C'est si bon d'être à la fois mère et maîtresse !

» Vous autres, vous laissez crever de faim les gens que vous aimez, sans vous enquérir de leurs affaires.

» Esther, elle ne faisait pas de phrases ; elle a donné, au prix de la perdition de son corps et de son âme, le million qu'on demandait à votre Lucien, et c'est ce qui l'a mis dans la situation où il est...

— Pauvre ! fille elle a fait cela ? je l'aime, dit Léontine.

— Ah ! maintenant, dit Asie avec une ironie glaciale.

— Elle était bien belle ! mais maintenant mon ange, tu es bien plus belle qu'elle... et le mariage de Lucien avec Clotilde est si bien rompu, que rien ne peut le remmancher, dit tout bas la duchesse à Léontine.

L'effet de cette réflexion et de ce calcul fut tel sur la comtesse, qu'elle ne souffrit plus; elle se passa les mains sur le front, elle fut jeune.

—— Allons ma petite, haut la patte et du train ! dit Asie qui vit cette métamorphose et en devina le ressort.

—— Mais, dit madame de Maufrigneuse, s'il faut empêcher avant tout monsieur Camusot d'interroger Lucien, nous le pouvons eu lui écrivant deux mots, que nous allons envoyer au Palais par ton valet de chambre, Léontine ?

——Rentrons alors chez moi, dit madame de Sérizy.

Voici ce qui se passait au palais pendant que les protectrices de Lucien obéissaient aux ordres tracés par Jacques Collin.

FIN DE LA PREMIÈRE PARTIE.

DEUXIÈME PARTIE.

LA

TORTURE MODERNE.

XXVII

Observation.

Les gendarmes transportèrent le moribond sur une chaise placée en face de la croisée dans le cabinet de monsieur Camusot, qui se trouvait assis dans son fauteuil devant son bureau. Coquart, sa plume à la main, occupait une petite table à quelques pas du juge.

La situation des cabinets des juges d'instruction n'est pas indifférente, et si ce n'est pas avec intention qu'elle a été choisie, on doit avouer que le Hasard a traité la Justice en sœur.

Ces magistrats sont comme les peintres, ils ont besoin de la lumière égale et pure qui vient du Nord, car le visage de leurs criminels est un tableau dont l'étude doit être constante. Aussi presque tous les juges d'instruction placent-ils leurs bureaux comme était celui de Camusot, de manière à tourner le dos au jour, et conséquemment à laisser la face de ceux qu'ils interrogent exposée à la lumière.

Pas un d'eux, au bout de six mois d'exercice, ne manque à prendre un air distrait, indifférent, quand il ne porte pas de lunettes, tant que dure un interrogatoire.

C'est à un subit changement de visage, observé par ce moyen et causé par une question faite à brûle-pourpoint, que fut due la découverte du crime commis par Castaing, au moment où, après une longue délibération avec le procureur-général, le juge allait rendre ce criminel à la société, faute de preuves.

Ce petit détail peut indiquer aux gens les moins compréhensifs combien est vive, intéressante, curieuse, dramatique et terrible, la lutte d'une instruction criminelle, lutte sans témoins, mais toujours écrite.

Dieu sait ce qui reste sur le papier de la scène la plus glacialement ardente, où les yeux, l'accent, un tressaillement dans la face, la plus légère couche de coloris ajoutée par un sentiment, tout a été périlleux comme entre sauvages qui s'observent pour se découvrir et se tuer. Un procès-verbal, ce n'est donc plus que les cendres de l'incendie.

— Quels sont vos véritables noms? demanda Camusot à Jacques Collin.

— Don Carlos Herrera, chanoine du chapitre royal de Tolède, envoyé secret de Sa Majesté Ferdinand VII.

Il faut faire observer ici que Jacques Collin parlait français comme une vache l'espagnol, en baragouinant de manière à rendre ses réponses presque inintelligibles et à s'en faire demander la répétition.

Les germanismes de monsieur de Nucingen ont déjà trop émaillé cette scène pour y mettre d'autres phrases soulignées difficiles à lire, et qui nuiraient à la rapidité d'un dénoûment.

XXVIII

Comme quoi le forçat prouve qu'il est un homme de marque.

— Vous avez des papiers qui constatent les qualités dont vous parlez? demanda le juge.

— Oui, monsieur, un passeport, une

lettre de Sa Majesté Catholique qui auto-
rise ma mission.

» Enfin, vous pouvez envoyer immédiatement à l'ambassade d'Espagne deux
mots que je vais écrire devant vous, je
serai réclamé.

» Puis, si vous aviez besoin d'autres
preuves, j'écrirais à Son Eminence le
grand-auômonier de France, et il enver-
rait aussitôt ici son secrétaire particulier.

— Vous prétendez-vous toujours mourant? dit Camusot. Si vous aviez véritablement éprouvé les souffrances dont
vous vous êtes plaint depuis votre arres-

tation, vous devriez être mort, reprit le juge avec ironie.

— Vous faites le procès au courage d'un innocent et à la force de son tempéramment! répondit avec douceur le prévenu.

— Coquart, sonnez! faites venir le médecin de la Conciergerie et un infirmier.

» Nous allons être obligés de vous ôter votre redingote et de procéder à la vérification de la marque sur votre épaule, reprit Camusot.

— Monsieur, je suis entre vos mains.

Le prévenu demanda si son juge aurait la bonté de lui expliquer ce qu'était cette marque, et pourquoi la chercher sur son épaule?

Le juge s'attendait à cette question.

— Vous êtes soupçonné d'être Jacques Collin, forçat évadé, dont l'audace ne recule devant rien, pas même devant le sacrilége?... dit vivement le juge en plongeant son regard dans les yeux du prévenu.

Jacques Collin ne tressaillit pas, ne rougit pas; il resta calme et prit un air

naïvement curieux, en regardant Camusot.

— Moi! monsieur, un forçat?... Que
l'ordre auquel j'appartiens et Dieu vous
pardonnent une pareille méprise! dites-
moi tout ce que je dois faire pour vous
éviter de persister dans une insulte si
grave envers le droit des gens, envers
l'église, envers le roi mon maître.

Le juge expliqua, sans répondre, au
prévenu que s'il avait subi la flétrissure
infligée alors par les lois aux condamnés aux travaux forcés, en lui frappant
sur l'épaule les lettrés reparaîtraient aussitôt.

— Ah ! monsieur, dit Jacques Collin, il serait bien malheureux que mon dévoûment à la cause royale me devint funeste.

— Expliquez-vous ? dit le juge, vous êtes ici pour cela.

— Eh bien, monsieur, je dois avoir bien des cicatrices dans le dos, car j'ai été fusillé par derrière, comme traître au pays, tandis que j'étais fidèle à mon roi, par les constitutionnels qui m'ont laissé pour mort.

—Vous avez été fusillé, et vous vivez !... dit Camusot.

— J'avais quelques intelligences avec les soldats, à qui des personnes pieuses avaient remis quelque argent, et, alors ils m'ont placé si loin, que j'ai seulement reçu des balles presque mortes, les soldats ont visé le dos. C'est un fait que son excellence l'ambassadeur pourra vous attester.

— Ce diable d'homme à réponse à tout.

» Tant mieux, d'ailleurs, pensait Camusot, qui ne paraissait aussi sévère que pour satisfaire aux exigences de la Justice et de la Police.

XXIX

Admirable invention de Jacques Collin.

— Comment un homme de votre caractère s'est-il trouvé chez la maîtresse
du baron de Nucingen, et quelle maîtresse, une ancienne folle'... demanda le
juge après une pause.

— Voici pourquoi l'on ma trouvé dans la maison d'une courtisanne, monsieur, répondit Jacques Collin.

» Mais avant de vous dire la raison qui m'y conduisait, je dois vous faire observer qu'au moment où je franchissais la première marche de l'escalier, j'ai été saisi par l'invasion subite de ma maladie, je n'ai donc pas pu parler à temps à cette fille.

» J'avais eu connaissance du dessein que méditait mademoiselle Esther de se donner la mort, et comme il s'agissait des intérêts du jeune Lucien de Rubempré, pour qui j'ai une affection particulière, dont les motifs sont sacrés, j'allais essayer de détourner la pauvre créature de la voie où la conduisait le désespoir : je voulais lui dire que Lucien devait échouer dans sa dernière tentative auprès de mademoiselle Clotilde ; et, en lui apprenant qu'elle héritait de sept millions, j'espérais lui rendre le courage de vivre.

» J'ai la certitude, monsieur le juge, d'avoir été la victime des secrets qui me furent confiés. A la manière dont j'ai été foudroyé, je pense que le matin même on m'avait empoisonné ; mais la force de mon tempérament m'a sauvé.

» Je sais que, depuis longtemps, un

agent de la police politique me poursuit et cherche à m'envelopper dans quelque méchante affaire... Si, sur ma demande, lors de mon arrestation, vous aviez fait venir un médecin, vous auriez eu la preuve de ce que je vous dis en ce moment sur l'état de ma santé.

» Croyez, monsieur, que des personnages, placés au dessus de nous, ont un intérêt violent à me confondre avec quelque scélérat pour avoir le droit de se défaire de moi. Ce n'est pas tout gain que de servir les rois, ils ont leurs petitesses; mais l'église seule est parfaite.

Il est impossible de rendre le jeu de physionomie de Jacques Collin, qui mit avec intention dix minutes à dire cette tirade, phrase à phrase; tout en était si vraisemblable, surtout l'allusion à Corentin, que le juge en fut ébranlé.

— Pouvez-vous me confier les causes de votre affection pour monsieur Lucien de Rubempré...

— Ne les devinez-vous pas? j'ai soixante ans, monsieur... — Je vous en supplie, n'écrivez pas cela... — C'est... faut-il donc absolument?...

— Il est dans votre intérêt et surtout dans celui de Lucien de Rubempré de tout dire, répondit le juge.

— Eh bien! c'est... ô mon Dieu!... c'est mon fils! ajouta-t-il en murmurant.

Et il s'évanouit.

— N'écrivez pas cela, Coquart, dit Camusot tout bas.

Coquart se leva pour aller prendre une

petite fiole de vinaigre des quatre-voleurs.

— Si c'est Jacques Collin, c'est un bien grand comédien!.. pensait Camusot.

Coquart faisait respirer du vinaigre au vieux forçat, que le juge examinait avec une perspicacité de lynx et de magistrat.

XXX

Fin contre fin, quelle en sera la fin?

— Il faut lui faire ôter sa perruque, dit Camusot, en attendant que Jacques Collin, eût repris ses sens.

- Le vieux forçat entendit cette phrase et frémit de peur, car il savait quelle igno-

ble expression prenait alors sa physionomie.

— Si vous n'avez pas là force d'ôter
votre perruque... oui, Coquart, ôtez-la, dit
le juge à son greffier.

Jacques Collin avança la tête vers le
greffier avec une résignation admirable ;
mais alors sa tête dépouillée de cet ornement fut épouvantable à voir, elle eut son
caractère réel. Ce spectacle plongea Camusot dans une grande incertitude.

En attendant le médecin et un infirmier, il se mit à classer et examiner tous
les papiers et les objets saisis au domicile
de Lucien.

Après avoir opéré rue Saint-Georges,
chez mademoiselle Esther, la justice était
descendue quai Malaquais y faire des per-
quisitions.

— Vous mettez la main sur les lettres
de madame la comtesse de Sérizy, dit Carlos Herréra, mais je ne saisis pas pourquoi vous avez tous les papiers de Lucien.

— Lucien de Rubempré, soupçonné
d'être votre complice, est arrêté, répondit le juge, qui voulut voir quel effet pro-
duirait cette nouvelle sur son prévenu.

— Vous avez fait un grand malheur,

car il est tout aussi innocent que moi, répondit le faux Espagnol, sans montrer la moindre émotion.

—Nous verrons; nous n'en sommes encore qu'à votre identité, reprit Camusot surprit de la tranquilité du prévenu.

» Si vous êtes réellement don Carlos Herrera, ce fait changer ait immédiatement la situation de Lucien Chardon.

— Oui, c'était bien madame Chardon, mademoiselle de Rubempré! dit Carlos en murmurant. Ah! c'est une des plus grandes fautes de ma vie!

Il leva les yeux au ciel; et, à la manière dont il agita ses lèvres, il parut dire une prière fervente.

— Mais si vous êtes Jacques Collin, s'il

a été sciemment le compagnon d'un forçat évadé, d'un sacrilège, tous les crimes que la justice soupçonne deviennent plus que probables.

Carlos Herrera fut de bronze en écoutant cette phrase habilement dite par le juge, et pour toute réponse à ces mots *sciemment, forçat évadé!* il levait les mains par un geste noblement douloureux.

— Monsieur l'abbé, reprit le juge avec une excessive politesse, si vous êtes don Carlos Herréra, vous nous pardonnerez tout ce que nous sommes obligés de faire dans l'intérêt de la justice et de la vérité...

Jacques Collin devina le piège au seul son de voix du juge, quand il prononça *monsieur l'abbé*; la contenance de cet homme fut la même.

Camusot attendait un mouvement de joie qui eût été comme un premier indice de la qualité de forçat, par le contentement ineffable du criminel trompant son juge; mais il trouva le héros du bagne sous les armes de la dissimulation la plus machiavélique.

— Je suis diplomate et j'appartiens à un Ordre où l'on fait des vœux bien austères, répondit Jacques Collin avec une douceur apostolique; je comprends tout, et je suis habitué à souffrir. Je serais déjà libre, si vous aviez découvert chez moi la cachette où sont mes papiers; car je vois

que vous n'avez saisi que des papiers insi-
gnifiants...

Ce fut un coup 'de grâce pour Camusot.

Jacques Collin avait déjà contrebalancé,
par son aisance et sa simplicité, tous les
soupçons que la vue de sa tête avait fait
naître.

— Où sont ces papiers ?...

— Je vous en indiquerai la place, si vous
voulez faire accompager votre délégué
par un secrétaire de légation de l'ambassade d'Espagne, qui les recevra et à qui
vous en répondrez ; car il s'agit de mon

état, de pièces diplomatiques et de secrets qui compromettent le feu roi Louis XVIII.

» Ah, monsieur, il vaudrait mieux...

» Enfin, vous êtes magistrat! D'ailleurs l'ambassadeur, à qui j'en appelle de tout ceci, appréciera.

XXXI

La marque est abolie

En ce moment, le médecin et l'infirmier entrèrent après avoir été annoncés par l'huissier.

— Bonjour, monsieur, dit Camusot au médecin, je vous requiers pour constater

l'état où se trouve le prévenu que voici. Il
dit avoir été empoisonné, il prétend être
à la mort depuis avant-hier; voyez s'il y a
du danger à le deshabiller et à procéder
à la vérification de la marque...

Le médecin prit la main de Jacques
Collin, lui tâta le pouls, lui demanda de
présenter la langue, et le regarda très at-
tentivement. Cette inspection dura dix
minutes environ.

Le prévenu, répondit le médecin, a
beaucoup souffert, mais il jouit en ce moment d'une grande force...

— Cette force factice est due, monsieur,
à l'excitation nerveuse que me cause mon

étrange situation, répondit Jacques Collin avec la dignité d'un évêque.

— Cela se peut, dit le médecin.

Sur un signe du juge, le prévenu fut déshabillé, on lui laissa son pantalon, mais on le dépouilla de tout, même de sa chemise; et alors on put admirer un torse velu d'une puissance cyclopéenne. C'était l'Hercule Farnèse de Naples sans sa colossale exagération.

— A quoi la nature destine-t-elle des hommes ainsi bâtis! dit le médecin à Camusot.

L'huissier revint avec cette espèce de

batte en ébène qui, depuis un temps im-
morial, est l'insigne de leur fonction et
qu'on appelle une verge; il en frappa plusieurs coups à l'endroit où le bourreau
avait appliqué les fatales lettres.

Dix-sep trous parurent alors, tous capri-
cieusement distribués; mais, malgré
le soin avec lequel on examina le dos, on
ne vit aucune forme de lettres.

Seulement l'huissier fit observer que
la barre du T se trouvait indiquée par
deux trous dont l'intervalle avait la longueur de cette barre entre les deux vir-
gules qui la terminent à chaque bout, et
qu'un autre trou marquait le point final
du corps de la lettre.

— C'est néanmoins bien vague, dit Ca-

musot en voyant le doute peint sur la figure du médecin.

Carlos demanda qu'on fit la même opération sur l'autre épaule et au milieu du
dos.

Une quinzaine d'autres cicatrices re-
parurent que le médecin observa sur la
réclamation de l'Espagnol, et il déclara
que le dos avait été si profondément la-
bouré par des plaies, que la marque ne
pourrait reparaître daus le cas où l'exé-
cuteur l'y aurait imprimée.

XXXII

Coups de pointe et parades.

En ce moment un garçon de bureau
de la Préfecture de police entra, remit
un pli à monsieur Camusot et demanda
la réponse. Après avoir lu, le magistrat
alla parler à Coquart, mais si bien dans

l'oreille que personne ne put rien entendre.

Seulement, à un regard de Camusot,
Jacques Collin devina qu'un renseigne-
ment sur lui venait d'être transmis par
le préfet de police.

— J'ai toujours l'ami de Peyrade sur
les talons, pensa Jacques Collin, si je le
connaissais, je me débarasserais de lui
comme de Contenson.

» Pourrai-je encore une fois revoir
Asie?...

Après avoir signé le papier écrit par
Coquart, le juge le mit sous enveloppe et

le tendit au garçon de bureau des délégations.

Le bureau des délégations est un auxiliaire indispensable à la justice.

Ce bureau présidé par un commissaire
de police *ad hoc*, se compose d'officiers
de paix qui exécutent, avec l'aide des
commissaires de police de chaqne quartier, les mandats de perquisition et même
d'arrestation chez les personnes soupçon-
nées de complicité dans les crimes ou
dans les délits.

Ces délégués de l'autorité judiciaire
épargnent alors aux magistrats chargés
d'une instruction un temps précieux.

Le prévenu, sur un signe du juge, fut alors habillé par le médecin et par l'infirmier, qui se retirèrent, ainsi que l'huissier.

Camusot s'assit à son bureau jouant avec sa plume.

— Vous avez une tante, dit brusquement Camusot à Jacques Collin.

— Une tante ! répondit avec étonnement don Carlos Herrera ; mais, monsieur, je n'ai point de parent, je suis l'enfant, non reconnu, du feu duc d'Ossuna.

Et en lui-même il se disait :

— *Ils brûlent !* allusion au jeu de cache-

cache, qui d'ailleurs est une enfantine image de la lutte terrible entre la justice et le criminel.

— Bah! dit Camusot.

» Allons, vous avez encore votre tante, mademoiselle Jacqueline Collin, que vous avez placée sous le nom bizarre d'Asie auprès de la demoiselle Esther.

Jacques Collin fit un insouciant mouvement d'épaules, parfaitement en harmonie avec l'air de curiosité par lequel il accueillait les paroles du juge qui l'examinait avec une attentiou narquoise.

— Prenez garde, reprit Camusot. Ecoutez-moi bien.

— Je vous écoute, monsieur.

XXXIII

États de services d'Asie.

— Votre tante est marchande au Temple, son commerce est géré par mademoiselle Paccard, sœur d'un condamné, très honnête fille d'ailleurs, surnommée la Romette, reprit le juge.

La justice est sur les traces de votre tante, et dans quelques heures nous aurons des preuves décisives. Cette femme vous est bien dévouée.

— Continuez, monsieur le juge, dit tranquillement Jacques Collin en réponse à une pose de Camusot, je vous écoute.

— Votre tante, qui compte environ cinq ans de plus que vous, a été la maîtresse de Marat d'odieuse mémoire. C'est de cette source ensanglantée que lui est venu le noyau de la fortune qu'elle possède...

» C'est, selon les renseignements que je reçois, une très habile récéleuse, car on n'a pas encore de preuves contre elle.

» Après la mort de Marat, elle aurait appartenu, selon les rapports que je tiens entre les mains, à un chimiste condamné à mort en l'an VIII, pour crime de fausse monnaie. Elle a paru comme témoin dans le procès.

» C'est dans cette intimité qu'elle aurait acquise des connaissances en toxicologie.

» Elle a été marchande à la toilette de l'an IX à 1805. Elle a subi deux ans de prison en 1807 et 1808, pour avoir livré des mineures à la débauche...

» Vous étiez alors poursuivi pour crime

de faux ; vous aviez quitté la maison de banque où votre tante vous avait placé comme commis, grâce à l'éducation que vous aviez reçue et aux protections dont jouissait votre tante auprès des personnages à la dépravation desquels elle fournissait les victimes.

» Tout ceci ressemblerait peu à la grandesse des ducs d'Ossuna...

» Persistez-vous dans vos dénégations ?...

Jacques Collin écoutait monsieur Camusot, en pensant à son enfance heureuse, au collège des Oratoriens d'où il était sorti, méditation qui lui donnait un air véritablement étonné.

Malgré l'habileté de sa diction interro-
gative, Camusot n'arracha pas un mouvement à cette physionomie placide.

— Si vous avez fidèlement écrit l'explication que je vous ai donnée en com-
mençant, vous pouvez la relire, répondit
Jacques Collin, je ne puis varier...

» Je ne suis pas allé chez la courtisane,
comment saurais-je qui elle avait pour
cuisinière? Je suis tout-à-fait étranger
aux personnes de qui vous me parlez.

— Nous allons procéder, malgré vos
dénégations, à des confrontations qui
pourront diminuer votre assurance.

— Un homme déjà fusillé une fois est

habitué à tout, répondit Jacques Collin avec douceur.

Camusot retourna visiter les papiers saisis en attendant le retour du chef de la sûreté dont la diligence fut extrême; car il était onze heures et demie, l'interrogatoire avait commencé vers dix heures, et l'huissier vint annoncer au juge, à voix basse, l'arrivée de Bibi-Lupin.

— Qu'il entre! répondit monsieur Camusot.

FIN DU PREMIER VOLUME.